rororo

rororo

Durch Brudermord und Betrug ist Liu Laoxia zum reichsten Großgrundbesitzer der Gegend aufgestiegen, doch er ist unfähig, gesunde männliche Nachkommen zu zeugen. Erst mit der Geburt des sechsten Kindes, Chencao, dessen leiblicher Vater der Vorarbeiter Chen Mao, der Liebhaber von Liu Laoxias Frau, ist, scheint die Generationenfolge gesichert zu sein. Aber der durchdringende süße Duft des Schlafmohns hat von Chencao schon als Jüngling Besitz ergriffen, längst ist er opiumsüchtig. Als die kommunistische Befreiungsarmee auf das Dorf vorrückt, schließt sich Chen Mao, getrieben von Haß gegen den Grundbesitzer, den Kommunisten an und versucht, die Bauern gegen ihn aufzuwiegeln.

Su Tong, geboren 1963 in der alten Hafenstadt Suzhouz am Kaiserkanal, studierte in Peking Chinesische Literatur. Mit seiner Erzählung «Rote Laterne», die in zahlreiche Sprachen übersetzt und verfilmt wurde, erlangte er Weltruhm. Sein Roman «Reis» (rororo Nr. 22628) wurde von Huang Jianzhong verfilmt. Der Film ist in China verboten. Su Tong lebt in Nanjing.

SU TONG

DIE OPIUMFAMILIE

ROMAN

Deutsch von Peter Weber-Schäfer

ROWOHLT TASCHENBUCH VERLAG

Die Originalausgabe erschien 1990
unter dem Titel «Yingsu zhi jia»
bei Yuanliu Publishing Co., Taipei,
die englische Übersetzung 1993 bei
William Morrow and Company, New York.

Redaktion Heiner Höfener

Veröffentlicht im
Rowohlt Taschenbuch Verlag GmbH,
Reinbek bei Hamburg, Januar 2000

Umschlaggestaltung C. Günther/W. Hellmann
(Foto: Tony Stone Images/Keren Su)
Gesamtherstellung Clausen & Bosse, Leck
Printed in Germany
ISBN 3 499 22695 2

Die Opiumfamilie

Die Rechen, die Hacken, die Hakenpflüge und all die anderen landwirtschaftlichen Geräte in der Scheune standen ordentlich nebeneinander an der Lehmwand aufgereiht wie Menschen; eine Reihe von Menschen, die nach rostigem Metall rochen. Die Scheune gehörte seiner Familie. Es war ein großer, dunkler, geheimnisvoller Raum. Damals hing Großmutters Spinnrad noch an der Wand. Spinnweben bedeckten das Rad und seine Speichen. Yanyi kam das Rad vor wie eine riesige Spinne, die den Leuten ständig von oben auf den Kopf schaute. Allmählich wurde das Licht, das von draußen auf die Papierfenster fiel, immer schwächer. Die Geräte und alles, was in der Scheune lag, wurden dunkel, verschwammen in ungewissen Schatten. Wenn man genau hinsah, glichen sie tatsächlich einer Reihe von Menschen. Gleich würde es ganz dunkel werden. Wieder überfiel ihn Heißhunger. Er rannte zur Tür und schob und drückte und preßte sich mit aller Kraft gegen die hölzernen Türflügel. Er hörte, wie die beiden schweren Vorhängeschlösser gegeneinander schlugen. Vater hatte die Tür verschlossen, und er konnte sie nicht öffnen.

«Laßt mich raus! Ich werde auch bestimmt keine Hefeklöße mehr stehlen!»

Yanyis Stimme war hoch und schrill. Er kauerte sich auf den Boden und spähte durch einen Spalt zwischen den Türflügeln hinaus. Eine Gruppe von Knechten und Mägden stand müßig auf dem Hof herum und schnüffelte nach dem Wind wie Hunde. Irgend etwas schien sie sehr glücklich zu machen.

Yanyi fragte sich, warum sie so glücklich waren. Er trommelte wie verrückt mit den Fäusten gegen die Tür. Er sah die Farben der Dämmerung, die sich wie graue Stahlplatten vor den Abendhimmel schoben. Die einbrechende Dunkelheit machte Yanyi angst. Wenn es dunkel war, knurrte sein Magen vor Hunger, und der Hunger verwandelte Yanyi in ein wütendes kleines Tier. Das war 1930, und seine Wutschreie erschütterten das große Haus der Familie Liu.

«Laßt mich raus! Ich will Hefeklöße essen!»

Ein paar Leute sahen zur Scheune hinüber. Yanyi dachte: Wenn sie mich schreien hören, warum machen sie die Tür nicht auf? Er konnte ihnen von den Lippen ablesen, daß sie ihn einen hungrigen kleinen Teufel nannten. Hungriger kleiner Teufel, hungriger kleiner Teufel! Irgendwann werde ich euch alle umbringen. Yanyi schlug mit dem Kopf gegen die Tür. Eine Magd mit einem schweren Schlüsselbund am Gürtel kam näher heran. Als die beiden eisernen Schlösser aus der Halterung sprangen, schlug ihm das purpurfarbene Licht des Spätnachmittags voll ins Gesicht. Er schlug die Hände vor die Augen. Die plötzliche Helligkeit ließ ihn taumeln. Dann griff er nach dem Stock, den er aus einem Ast geschnitzt hatte, und preßte ihn gegen den Magen der Magd.

«Ich bringe dich um», sagte Yanyi.

«Laß das, Ältester Junger Herr», sagte die Magd und wich zurück. «Komm ins Haus und sieh zu, wie deine Mutter ein Baby kriegt.»

«Was?»

«Sie kriegt ein Baby. Jetzt wird man dich erst recht nicht brauchen.»

Mit laut klapperndem Schlüsselbund lief die Magd weg. Sie drehte sich noch einmal um und lächelte Yanyi zu. «Chen Mao hat den Samen gesät!»

In diesem Jahr war Yanyi acht geworden. Er steckte seinen Stock tief in den Schlamm und lehnte sich dagegen. Wie eine Nußschale schwankte sein leichter kleiner Körper mit dem Stock hin und her. Das Dämmerlicht legte sich schwer auf seine kürbisförmige Mütze. Mein Kopf tut wahnsinnig weh. Der Hunger kommt aus meinem Kopf. Ich spüre ihn im ganzen Körper. Plötzlich spitzte Yanyi die Ohren. Aus dem Zimmer seiner Mutter hörte er ein Baby schreien. Für Yanyi klang es, als ob da drinnen eine Katze schrie.

Die zwei Männer saßen an einem Rotholztisch und tranken. Der eine war schon alt, der andere noch jung. Der ältere trug weiße Seide. Sein Gesicht war vom Alkohol gerötet, und aus seinen Mundwinkeln tröpfelte der helle Saft von eingelegten Sojabohnen. Dem jüngeren war nicht wohl in seiner Haut. Die Blechtrompete, die als Zeichen seiner Würde an seinem Gürtel hing, schlug ständig gegen den Tisch. Es war der Vorarbeiter Chen Mao. Durch seine Trompete hob er sich von der Masse der Landarbeiter ab. Er hielt die Weinschale in der einen Hand und rieb sich mit der anderen ständig zwischen den Beinen: eine versteckte und doch bedeutungsschwere Geste, die den meisten entging.

«Es ist ein Junge. Ich werde ihn Chencao nennen», sagte Liu Laoxia.

«Ein Junge. Ich gratuliere, Grundbesitzer!»

«Willst du ihn sehen?»

«Ich weiß nicht.»

Vorarbeiter Chen Mao stand auf und trat ein

paar Schritte vor, dann wieder einen Schritt zurück. Plötzlich wurde ihm das Dilemma klar: Der alte Grundbesitzer lächelte. Und er konnte nicht sagen, ob das Lächeln des Grundbesitzers ihm Gutes oder Böses bringen würde. Chen Mao drehte sich um und blickte Liu Laoxia fragend an.

«Sollte ich hingehen?» fragte er.

Man hätte nicht sagen können, ob er die Frage an Liu Laoxia richtete oder an sich selbst.

«Hund!» brüllte Liu Laoxia.

Das hatte er erwartet. Schneller, als der Donner dem Blitz folgt, warf der alte Grundbesitzer mit seiner Weinschale nach Chen Mao. Der sah einen runden Weinfleck wie eine Schnecke an seiner Brust hochkriechen. Seine Brust fühlte sich heiß und wund an.

«Komm wieder her!» befahl Liu Laoxia.

Als Chen Mao an den Tisch zurückkehrte, schlug ihm Liu Laoxia ins Gesicht. Er versuchte nicht, dem Schlag auszuweichen. Es fühlte sich an, als krieche die Schnecke jetzt über sein Gesicht. Eine Gänsehaut breitete sich über seinen ganzen Körper aus. Chen Mao sah stumm zu, als Liu Laoxia mit lautem Poltern den Tisch und die Stühle umstieß. Der alte Grundbesitzer packte Chen Mao an der Gurgel und sagte: «Chen Mao, du bist ein Hund. Sag, du bist mein Hund!»

Chen Mao trat mit nackten Füßen in eine Schale eingelegte Sojabohnen. Die Hand seines Herrn preßte ihm die Kehle zusammen, als er mühsam keuchte: «Du bist mein Hund.»

«Trottel! Sag's noch einmal! Sag es richtig!»

Liu Laoxia würgte Chen Maos Kehle. Das ebenmäßige Gesicht des Vorarbeiters wurde erst rot, dann dunkelrot. Er befreite sich aus dem starken Griff der Drachenklauen, zu denen die Hände seines alten Herrn geworden waren, rang nach Atem und sagte: «Chen Mao ist dein Hund.»

Auf dem Weg aus dem Haus betrat er noch einmal die inneren Räume. Vor Cui Huahuas Zimmer schlug ihm ein ekelerregend süßlicher Geruch nach Blut und Frau entgegen. Ihm schwindelte bei dem Geruch. Vor der Tür des großen Hauses verzog er für die Knechte und Mägde das Gesicht zu einer Grimasse und hob drei Finger in einer obszönen Geste. Die anderen, die an der Wand aufgereiht standen, lachten fröhlich. Chen Mao lachte mit ihnen. Er zog das befleckte Baumwollhemd aus, hielt es an die Nase und roch daran. Der Weingeruch war verflogen. Sein Blick fiel auf die glänzende Blechtrompete an seinem Gürtel. Plötzlich setzte er sie an den Mund und fing an zu spielen. Alle hörten den klagenden Klang der Trompete: *Wuu ... wuu ... wuu ...*

Chen Mao blies seine Trompete, als er zur Arbeit aufs Feld ging. An diesem Tag jätete Chen Mao genau wie an jedem anderen Tag Unkraut auf den Mohnfeldern der Familie Liu. Und nachdem er das Unkraut gejätet hatte, legte er sich schlafen. Im blassen Morgenlicht träumte er, der neugeborene Junge liege schwer wie ein Stein auf seinem Kopf und drohe, ihm den Schädel zu zerdrücken.

Die Landgemeinde Fengyang erstreckt sich über eine Fläche von fünfundzwanzig Quadratkilometern, und überall auf diesen fünfundzwanzig Quadratkilometern könnt ihr die Spuren eurer Ahnen finden. Über die Jahrtausende hinweg ist das Land immer wieder aufs neue kultiviert worden, hat sich aus unfruchtbarer Wildnis in reichen und fruchtbaren Ackerboden verwandelt. In den dreißiger Jahren hat sich das Schauspiel nicht wiederholt, das eure Ahnen der Welt boten, als sie, dem Hungertod nahe, über die Erde wanderten. Seit Beginn der Dreißiger wurde auf gut der Hälfte des Bodens von Fengyang eine neue seltsame Feldfrucht angebaut: der Schlafmohn. Von diesem Zeitpunkt an waren es Naßreis und Schlafmohn, die den Wechsel der Jahreszeiten im bäuerlichen Leben bestimmten. Fremde aus aller Welt zogen hierher, und Fengyang wurde zu eurer ländlichen

Heimat. Ihr hättet Grundbesitzer Liu Laoxias großes schwarzes Haus nicht übersehen können. Und sicher hättet ihr die Geschichte von Glanz und Niedergang des großen schwarzen Hauses gehört. Die Seele eurer Heimat hätte es euch unmöglich gemacht, ihr auszuweichen. Heute ist das alles längst vergangen, aber man spricht immer noch und immer wieder über diese Zeit.

Die Großväter bauten ihre Katen auf einer Erhebung am linken Ufer des Flusses. Ihre Fenster öffneten sich auf den Fluß, und die Schornsteine, die sich über den Dächern der Katen erhoben, legten Zeugnis davon ab, daß sich hier Männer und Frauen ein Zuhause geschaffen hatten. Die Väter verließen das Haus im Morgengrauen und kehrten mit dem Abenddämmer zurück. Den Tag über arbeiteten sie in den Naßreiskulturen und auf den Schlafmohnfeldern. Die Mütter zogen auf dem eingezäunten Grundstück hinter dem Haus Hühner, Enten, Schweine und Ziegen. Die Kinder aßen dünnen Reisschleim mit Salzgemüse, standen am Flußufer und starrten hinüber zum großen schwarzen Haus des Grundbesitzers Liu Laoxia. Die Einwohner von Fengyang sind hager und flink, und ihre Gesichter tragen alle den gleichen Ausdruck von Zufriedenheit und Lethargie. Vor der Revolution von 1949 bauten etwa eintausend Menschen Naßreis und Schlafmohn für Grundbesitzer Liu Laoxia an. Pächter pachteten Land und zahlten die Pacht in Naturalien. Liu Laoxia verbrachte sein Leben damit, Land zu verpachten und immer mehr Land zu kaufen. Meines Erachtens war Fengyang ein typisches Dorf des alten Südens.

Großväter erzählten ihren Enkeln: Fengyang ist reich geworden, weil seine Einwohner die guten ländlichen Sitten bewahrten. Sie lebten einfach und führten ihren Haushalt mit Fleiß und Sparsamkeit. Sieh dir den Reis an, der da in großen Haufen in den Lagerhallen liegt. Auch wenn er schimmlig wird oder Maden in ihm leben, ist es immer noch gutes, nahrhaftes Getreide, und man ißt ihn nicht einfach, wenn man gerade Lust darauf hat. Wir alle essen dünnen Reisschleim mit Salzgemüse. Jeder in Fengyang tut das. Selbst Grundbesitzer Liu Laoxia tut das. Auf diesen Punkt legten die Großväter besonderen Wert: Auch Liu Laoxias Familie ißt Tag für Tag dünnen Reisschleim. Hast du seinen kleinen Bengel Yanyi gesehen? Der ist so hungrig, daß er nur noch ein kleiner gelber Sack aus Haut und Knochen ist. Den ganzen Tag lang greint und quengelt er. Genau wie du.

Das Stammbuch der Familie Liu berichtet, daß Yanyi das fünfte Kind Liu Laoxias war. Die ersten vier hatte man in den Fluß gelegt und stromabwärts schwimmen lassen. Sie hatten weder Arme noch Beine und sahen aus wie Fische. Mit ihren schwertförmigen Schwänzen konnten sie nichts tun als den Fluß hinabschwimmen. Yanyi war das einzige Kind, das diese wirren Zeiten überlebte. Die Bauern hatten ihre eigene Erklärung für Liu Laoxias Zeugungsunfähigkeit: Sie sagten, wenn sein Blut ins Kochen gerate, sei er hinter jeder Frau her, und deshalb könne er keine gute Nachkommenschaft zeugen. Hinter dieser Erklärung verbarg sich noch ein weiteres peinliches Geheimnis: Yanyi war die Frucht der Unzucht seiner Eltern auf freiem Felde. Das war, bevor das Sippenhaupt der Familie Liu, Liu Laoxias Vater, plötzlich starb. Damals war Cui Huahua noch seine Konkubine. Damals war auch Liu Laoxias erste Frau, die Frau mit den Katzenaugen, noch nicht in der großen eisernen Badewanne ertrunken. Und dennoch kam Yanyi zur Welt.

Das Stammbuch berichtet auch, daß Yanyi schwachsinnig war. Wenn er sich auf dem Boden wälzte, sah er aus wie ein Igel. Mit dem Stock, den er sich aus einem Ast geschnitzt hatte, griff er jeden an, der ihm zu nahe kam, denn für ihn blieben sie alle auf immer Fremde. Wenn er sein Essen herunterschlang, murmelte er immer wieder leise seine beiden Lieblingssätze: «Ich habe Hunger. Ich werde dich umbringen.»

Ihr werdet verstehen, daß Yanyi das schlechte Blut geerbt hatte, das durch drei Generationen der Familie Liu strömte. Der Stammvater der Familie Liu war so oft dem Verhungern nahe gewesen, daß er später imstande war, allein ein ganzes Schwein aufzuessen. Yanyis Rückfall in die schlechten Gewohnheiten seines Urgroßvaters versetzte den Bedienten der Familie Liu einen schlimmen Schock. Niemand wagte, ihm seine Hefeklöße wegzunehmen. Yanyi war wie besessen von einem schwarzen Tongefäß. Dies Gefäß war vielleicht einen Meter hoch und stand hinter dem Bett seiner Mutter Cui Huahua. Außerdem stand hinter dem Bett noch ein rotlackierter Nachttopf. Die zwei Gefäße, die da nebeneinander standen, regten seinen Appetit enorm an. Wenn Yanyi sah, daß der Deckel des schwarzen Gefäßes von einer dünnen Ascheschicht aus dem Herd bedeckt war, öffnete er ihn, versteckte eine Portion Hefeklöße unter seinem Hemd und rannte weg. Dann rannte er den Hügel hinter der Scheune hinauf, den man im Dorf Muxuzishan, den «Brennholzhügel», nannte. Dort stand jemand und hackte Holz. Das war Yanyis Onkel, Liu Laoxias jüngerer Bruder Liu Laoxin. Hättet ihr Onkel und Neffen auf dem Brennholzhügel sitzen und ihre Hefeklöße hinunterschlingen gesehen, ihr hättet nicht verstehen können, was da vor sich ging.

Jedesmal, wenn er an die Hefeklöße ging, hinterließ Yanyi seine Fingerabdrücke auf dem Dekkel des Gefäßes. Danach sah er seinen Vater mit einem Schuh in der Hand hinter ihm herrennen. Sein Vater packte ihn bei den Haaren und fragte: «Wie viele hast du heute gestohlen?»

Yanyi schluckte eilig den süßen Speichel in seinem Mund hinunter und antwortete: «Ich habe nichts gestohlen. Ich hatte Hunger.»

Dann hörte Yanyi das laute Geräusch, mit dem die Schuhsohle seines Vaters immer wieder auf seinem Kopf landete. Es tat teuflisch weh.

«Wie viele hast du heute gestohlen?»

«Ich weiß nicht. Ich hatte Hunger.»

«Wem hast du sonst noch etwas abgegeben?»

«Dem Onkel. Er hatte auch Hunger.»

Yanyi faltete die Hände über dem Kopf und sah zu, wie sein Vater wegging und mit den Füßen Scheite vom Brennholzstapel den ganzen Hügel hinabschleuderte. Sein Vater schwenkte den Schuh über dem Kopf und rief ihm zu: «Hungrige Teufel. Ihr seid allesamt hungrige Teufel. Früher oder später werden eure hungrigen Mäuler die Familie Liu ruinieren.»

Zwei Menschen saßen auf dem Brennholzhügel: der schwachsinnige Yanyi und sein Onkel Liu Laoxin. Im großen Clan der Familie Liu war diese enge Beziehung zwischen Onkel und Neffen einmalig und fremdartig. Es heißt, Liu Laoxin habe mit niemandem gesprochen außer mit seinem Brennholz und seinem schwachsinnigen Neffen. Wenn er neben seinem Onkel saß, legte Yanyi so etwas wie normale Intelligenz und Sprachfähigkeit an den Tag. Nur sein Onkel konnte diese tief verborgenen natürlichen Gaben aus ihm herauslocken. Damals war Liu Laoxin schon nicht mehr jung, und sein Gesicht war von dunkelroten Narben überzogen. Wenn er einsam auf dem Brennholzhügel saß und mit seinem schwachsinnigen Neffen sprach, boten die beiden einen friedlichen und zugleich traurigen Anblick.

«Dein Vater ist ein Dieb. Seit er ein kleiner Junge war, hat er andere bestohlen.»

«Diebe nehmen Dinge weg, die jemand anders gehören. Vater nimmt mir auch immer meine Hefeklöße weg.»

«Dein Vater hat meinen Vater umgebracht. Er hat ihm Cui Huahua gestohlen und sie zu deiner Mutter gemacht.»

«Ich bin aus der Achselhöhle meiner Mutter gefallen.»

«In deiner Familie gibt es nicht einen anständigen Menschen. Irgendwann werde ich das ganze Anwesen abbrennen. Dann wird es keine Überlebenden geben.»

«Kannst du das ganze Anwesen abbrennen?»

«Das kann ich. Man braucht nur zu hassen. Eine Fackel, und ihr geht alle in Flammen auf.»

«Wirst du mich auch verbrennen?»

«Natürlich, du kleiner Bastard. Wenn ich dich nicht verbrenne, werden sie dich irgendwann sowieso umbringen.»

«Wenn sie mich umbringen, werde ich keinen Hunger mehr haben.»

Liu Laoxin, Liu Laoxias jüngerer Bruder, ist nicht der Held dieser Geschichte. Ich weiß nur, daß er in den alten Zeiten in Fengyang als Wüstling bekannt war. Dann zog er in die unbekannte Stadt, weil er davon träumte, auf anderem Weg reich zu werden als durch die harte Arbeit auf dem Lande. Am Ende war alles, was er aus der Stadt mitbrachte, ein von Syphilisschwären übersäter Körper. Als er an Bord eines Salzschiffes ins Dorf heimkehrte, war er völlig mittellos. Es heißt, das gesamte Land am linken Flußufer habe sich innerhalb von zehn Jahren wie ein Taubenschwarm, der in den Schlag heimkehrte, in Liu Laoxias Händen gesammelt. Zuletzt kaufte Liu Laoxia seinem jüngeren Bruder noch für zehn Silberdollar seine Grabstätte ab. Sie lag am sonnigen Südhang eines Hügels. Liu Laoxia griff zur Schaufel und ebnete sie ein. Und so wurde das gesamte Land an beiden Ufern des Flusses in einer Hand vereinigt.

Spätere Generationen konnten nur sprachlos über die Grundstücksgeschäfte zwischen den beiden Brüdern staunen, und niemand konnte sagen, wer hier im Recht, wer im Unrecht war. Im menschlichen Leben sollte man auch auf außerordentliche Schicksalsschläge vorbereitet sein. Das letzte Grundstücksgeschäft zwischen den beiden Brüdern wurde in einem Bordell in der Stadt abgeschlossen. Ein Salzschiff, das in Fengyang anlegte, hatte Liu Laoxia die Nachricht überbracht.

«Liu Laoxin verfault bei lebendigem Leibe. Er besitzt nur noch eine Grabstätte von einem Morgen Größe, die er verkaufen kann.»

Liu Laoxia eilte in das Bordell in der Stadt und fand seinen jüngeren Bruder, den ganzen Körper mit eiternden Wunden bedeckt, auf einem Müllhaufen liegend.

Der jüngere Bruder sagte: «Ich gebe dir meine Grabstätte, wenn du mich mit nach Hause nimmst.»

Der ältere Bruder griff nach der Grundurkunde und sagte: «Überschreib sie mir, und wir können losfahren.» Liu Laoxia preßte die eiternden Finger seines jüngeren Bruders auf den Kaufvertrag, der mit Blut statt mit roter Tusche gesiegelt wurde. Das Geschäft wurde endgültig abgeschlossen, als Liu Laoxia seinen Bruder zum Fluß hinuntertragen und in ein Salzschiff werfen ließ. In Fengyang sagte man, nun seien die beiden Quellflüsse des Hauses Liu endgültig zu einem Strom verschmolzen. Es hieß auch, sein eigener Schwanz habe Liu Laoxin ruiniert, und dies Laster sei für die Familie typisch; aber nichts könne seinem älteren Bruder Liu Laoxia etwas anhaben. Niemand konnte wissen, wann er gezwungen sein würde, die Ziegel auf seinem Dach oder das Gras unter seinen Füßen an Liu Laoxia zu verkaufen.

Der schwachsinnige Yanyi erinnerte sich später daran, daß sein Onkel vom Brennholzhügel, Liu Laoxin, wenig später verschwunden war.

Denn im nächsten Jahr kam Liu Laoxin bei einem Brand um, den niemand im Dorf bemerkt hatte. Als das Feuer über dem Hügel aufloderte, war Yanyi der einzige Zeuge. Yanyi kam mit rußgeschwärztem Gesicht, einen Jutesack in den Händen, aus der Scheune. Dann legte er den Jutesack auf die Eingangstreppe, sah ihn lange an und begann zu weinen. Es war das erste Mal, daß die Knechte und Mägde Yanyi weinen sahen. Sie öffneten den Jutesack und fanden den verkohlten Leichnam von Liu Laoxias jüngerem Bruder Liu Laoxin. Die Leiche roch nach frischem Brennholz. In seinem Mund steckte ein halber Hefekloß, und sein Gesichtsausdruck war sehr seltsam. Yanyi schluchzte: «Er hat Hunger. Ich habe ihm einen halben Hefekloß gegeben. Warum ißt er nicht?»

Sie rannten in den Hinterhof und sahen, daß der Hügel schon zur Hälfte abgebrannt war. Niemand wußte, wie das Feuer ausgebrochen war. Es war ganz einfach geschehen, als gerade niemand hinsah.

Das Stammbuch der Familie Liu berichtet, daß Liu Laoxin am 5. Oktober 1933 starb.

Ein Schreiner zimmerte einen Sarg aus dünnem Holz, und vier Landarbeiter trugen Liu Laoxin hinunter zu dem großen Friedhof am rechten Flußufer, wo die Beerdigung stattfand. Als der melancholische Ton der Klagehörner plötzlich verstummte und der Tote unter die Erde gebracht wurde, hörte man nur noch das Rascheln der weißen Trauerfahnen im Wind. Es war die schäbigste Beerdigung in der Geschichte des großen Clans der Liu. Jedermann in Fengyang kennt die Geschichte, wie Liu Laoxin in einem Feuer umkam, das er selbst gelegt hatte. Wenn die Großväter den Enkeln die Geschichte vom seltsamen Tod Liu Laoxins erzählten, waren die Schlußworte immer die gleichen: «Leg dich nicht mit Liu Laoxia an. Wenn du einen Brand legen willst, wirst du selber als erster verbrennen.»

Das Baby, das zu Beginn dieser Erzählung zur Welt kam, wird jetzt, wo es herangewachsen ist, zu ihrem Helden werden. Das ist bei Familiengeschichten so üblich.

Viele Jahre später stieg Chencao, in eine schwarze Wolluniform gekleidet, mit einer Aktentasche aus Hirschleder in der Hand die Treppen der Mittelschule herab und kam auf uns zu. Die Sonne warf ihr glitzerndes Licht wie ein dünnes Netz über sein hübsches helles Gesicht. Das war an einem Frühlingstag vor vierzig Jahren, und Liu Chencao, der auf dem Höhepunkt seines Wissens und seiner Fähigkeiten stand, sagte seiner Schulzeit ade. Sein Herz war schwer wie Blei. Er schlenderte über den grünen Rasen, ging an zwei Schülerinnen vorbei, die Tennis spielten, und erblickte den altmodischen Pferdewagen, der auf der anderen Seite des Rasens auf ihn wartete. Er wurde abgeholt. Sein Schritt verlangsamte sich. Er steckte eine Hand in die Tasche und zog einen Tennisball hervor. Es war ein grauer Tennisball, und er rollte über den Rasen und verschwand im hohen Gras. Das melancholische Gefühl, von alledem mit einer leichten Handbewegung Abschied nehmen zu sollen, lastete schwer auf seinen schmalen Schultern. Er zuckte die Achseln und ging auf den Pferdewagen zu. Er wußte, daß ihm an diesem Nachmittag mehr verlorenging als ein davonrollender Tennisball.

Chencao ging langsam weiter und warf dabei immer wieder einen Blick über die Schulter. Er hörte, wie sein Vater ihm zurief: «Chencao, was siehst du dich um? Komm mit nach Hause.»

Chencao antwortete: «Der Ball ist verschwunden.»

Sein Vater war gekommen, um ihn abzuholen. Chen Mao saß vorn im Wagen und hielt die Zügel. Chencao sah ein paar verstreute Strohhalme im Wagen und wußte, daß sein Vater in die Stadt gekommen war, um eine Ladung Stroh zu verkaufen. Die Arme um die Knie geschlungen, saß er auf den Strohhalmen und hörte, wie sein Vater rief: «Fahr los, Chen Mao!» Mit klapperndem Hufschlag ließen sie die roten Häuser der Kreisstadt hinter sich. Sie bogen in eine Nebenstraße ein, und das Tempo verlangsamte sich merklich. Überall stand der Schlafmohn blutrot in voller Blüte. Schwarzgekleidete Pächter und in schwarze Lumpen gehüllte Vogelscheuchen starrten dem Wagen mit dumpfem Blick nach. Das quietschende Geräusch der Bakeliträder auf dem breiten gelben Lehmweg machte Chencao nervös. Chen Maos breitrandiger Strohhut warf einen länglichen Schatten in den Wagen. Ich weiß nicht, was es war, das an den Bakeliträdern klebte und dieses seltsam quietschende Geräusch erzeugte.

Auf einem Feldweg durchquerte der Wagen die Hügel von Huoniu. Hier, so erinnerte sich Chencao später, sah er den Banditen Jiang Long zum ersten Mal. Eine Schar berittener Männer zog unter den Bäumen eines Ulmenhains im Galopp an ihnen vorüber. Chencao hörte, wie sie mit rauher, heiserer Stimme, die der seines Vaters glich, seinen Namen riefen:

«Liu Chencao, komm mit uns in die Berge!»

Am nächsten Morgen war es neblig und trübe. In den Hügeln lasteten feuchte Wolkenschwaden über dem Boden. Die Blätter und Stengel der Mohnstauden verströmten ihren süßen, warmen Duft. Es war einer jener feuchten Frühlingstage, wie es sie nur in Fengyang gibt: fünfundzwanzig Quadratkilometer Schönheit und Trauer. Drei Generationen, die am Flußufer lebten, wachten gemeinsam beim Krähen der Hähne auf und verließen das Dorf, um auf die Mohnfelder zu gehen. Der Nebel lichtete sich an diesem Tag erst spät. Im Morgenwind hörte man das Rascheln von Grundbesitzer Liu Laoxias weißer Seidenrobe. Liu Laoxia und sein Sohn Chencao standen in der Binsenlaube.

Die Pächter sagten: «Der alte Herr wird alt. Der Zweite Junge Herr ist wieder da.»

Chencao stand mit gemischten Gefühlen vor den blutroten Mohnfeldern und den schwarzgekleideten Pächtern. Er zuckte die Achseln und steckte eine Hand in die Tasche seiner Schuluniform. Das ist das Opium meiner Familie, der Schlafmohn, von dem im Botanikunterricht nie die Rede war. Er wächst auf den Feldern meines Vaters. Aber vom Opiumgenuß wird dein Gesicht fahl und blaß, und dann hast du das Gefühl, du schwebtest durch einen Albtraum. Aus allen Ekken der Felder stieg der durchdringende süße Geruch von Schlafmohn auf.

Chencao merkte, daß er auf einer einsamen Insel stand. Ihm schwindelte. Das leise Murmeln der Schlafmohnwellen trägt dich auf eine einsame Insel fern von allem, wo nichts wirklich ist außer diesem tödlichen Duft, der deine Lungen durchdringt. In diesem Augenblick spürte Chencao, wie sein schwacher, schlanker Körper über der einsamen Insel schwebte. Mit totenbleichem Gesicht klammerte er sich an den Arm seines Vaters.

Chencao sagte: «Vater, ich fliege weg.»

Die Bauern in den Mohnfeldern beobachteten Chencaos ersten Ohnmachtsanfall mit eigenen Augen. Sie haben mir später erzählt, wie angegriffen die Gesundheit des Zweiten Jungen Herrn war und wie seltsam er sich verhielt. Ich weiß, daß dieser erste Ohnmachtsanfall den Beginn einer Tragödie markierte; einer Tragödie, die den weiteren Verlauf der Familiengeschichte des Hauses Liu bestimmen sollte. Sie haben mir erzählt, wie Liu Laoxia seinen Sohn auf den Rücken gehoben und an den Schlafmohnfeldern am Ufer vorbeigetragen hat. Als er an den Pächtern vorbeikam, erklang aus seiner Tasche ein wunderbar lieblicher Klang. Es heißt, das sei der Klang eines Schlüsselrings aus weißem Silber gewesen. Wer einen dieser Silberschlüssel besaß, konnte die Tür zum Reislager öffnen und sich für den Rest seines Lebens satt essen.

Ihr habt die Binsenlaube von Fengyang nicht mehr gesehen. Ihre unvergeßlichen Umrisse hoben sich klar vor dem weißen Nebel ab. Für die Männer von Fengyang war die Binsenlaube ein Symbol der Männlichkeit.

Großväter erzählten ihren Enkeln: «Liu Laoxia hat sie gebaut, als er ein junger Mann war. Der Wind kann sie nicht umreißen, und der Regen kann sie nicht wegwaschen. Jedesmal wenn ich sie sehe, muß ich an die Vergänglichkeit des menschlichen Lebens denken.»

Die Großväter erinnerten sich an die zahlreichen Liebesabenteuer des jungen Liu Laoxia, die fast alle in der Binsenlaube stattgefunden hatten. «Dieses Schwein Liu Laoxia hat wer weiß wie viele junge Mädchen aus Fengyang entjungfert und ruiniert. Sie haben es in mondlosen Nächten, bei Regen und Wind miteinander getrieben. Sie haben nicht einmal versucht, sich zu verbergen.»

Ein paar Männer haben sich einmal hinter den Büschen versteckt und die Liebenden belauscht. Später erzählten sie: «Wißt ihr, warum Liu Laoxia keinen guten Samen säen kann? Daran ist nur diese Binsenlaube schuld. Sie ist wie ein Tigerrachen, der alles verschlingt. Wenn du hineingehst und wieder herauskommst, ist dein Körper völlig erschöpft.»

Noch viele Jahre später erinnerten sich die alten Männer von Fengyang gern an die Binsenlaube. Sie haben mir erzählt, von Generation zu Generation hätten alle Männer in der Familie Liu einen gierigen Schwanz gehabt.

«Auch Chencao?» habe ich gefragt.

«Nein, Chencao nicht», sagten sie nach kurzem Nachdenken.

Zweifellos war Chencao aus der Art geschlagen. Das war nicht zu übersehen.

Chencao verschlief die ersten Tage nach seiner Heimkehr fast vollständig. Nur wenn der Wind sich legte und der Geruch der Mohnfelder nachließ, fühlte er sich wach und klar. Auf dem Weg vom vorderen zum hinteren Hof sah er einen Mann mit schmutzigem Gesicht und ungekämmtem Haar in abgetragenen Kleidern auf den Stufen vor der Scheune sitzen. Der Mann kaute am eingetrockneten Rest eines Hefekloßes.

Chencao blieb stehen und sah zu, wie Yanyi an seinem Hefekloß kaute. Er konnte sich nicht vorstellen, daß Yanyi sein älterer Bruder sein sollte.

Dennoch wußte er, daß Yanyi ebenso wie er in dieser Familie ein Außenseiter war. Chencao wagte kaum, ihn anzublicken. In dem stumpfen gierigen Gesicht seines Bruders konnte Chencao das animalische Leid entdecken, das seit Generationen ebenso typisch für die Landarbeiter und Pächter von Fengyang war wie für seine eigenen Vorfahren. Zugleich aber war sich Chencao sicher, daß dieses animalische Leid nichts mit ihm zu tun hatte. Als der Stammbaum der Familie Liu bei meiner Generation angekommen war, ist er plötzlich abgerissen. Das soll mein Bruder sein? Sehr seltsam, dachte Chencao.

Wenn der Geruch des Schlafmohns nachließ, wurde das Sonnenlicht plötzlich gleißend hell. Yanyi sah aus wie ein schmutziger Fleischklumpen, als er von der Treppe sprang und sich auf Chencao stürzte. Chencao sah den Stock, den Yanyi wie ein Schwert auf ihn richtete. Er versuchte auszuweichen, aber er war nicht schnell genug, und der Stock traf seinen Unterleib.

«Yanyi, was machst du da?»

«Du hast mich ausgelacht.»

«Nein. Ich habe nicht einmal an dich gedacht.»

«Hast du Hefeklöße?»

«Nein, ich habe keine. Vater hat Hefeklöße. Bitte ihn darum.»

«Ich habe Hunger. Gib mir einen Hefekloß.»

«Du bist nicht hungrig. Du bist abscheulich.»

«Wenn du mich beschimpfst, werde ich dich töten.»

Chencao sah, wie Yanyi den Stock wegwarf, ein Messer aus dem Gürtel zog und damit in der Luft herumfuchtelte. Im starren Blick der Augen eines wütenden Löwen lag das Verlangen zu töten. Chencao wich zurück. Er hielt die Augen fest auf das Messer gerichtet. Er hatte keine Ahnung, wie Yanyi an ein Messer gekommen war. Jeder in der Familie Liu wußte, daß Yanyi von Kindheit an von dem Verlangen besessen gewesen war zu töten. Sein Vater hatte angeordnet, alle Messer und scharfen Werkzeuge sicher wegzuschließen. Niemand wußte, wie Yanyi es schaffte, ständig ein Messer oder ein Beil in die Hand zu bekommen. Wenn Yanyi ein Messer in der Hand hatte, konnte man sein Verlangen spüren, jemanden zu töten.

Plötzlich rief Chencao: «Wer hat dir das Messer gegeben?» und sprang zurück.

Er sah, wie Yanyi einen Augenblick innehielt, verwirrt nachdachte und dann auf die Scheune in seinem Rücken zeigte.

«Die da!»

Drüben auf der Tenne enthülsten die Tagelöhner Reis mit Stößel und Mörser. Chencao warf einen Blick in ihre Richtung, aber das gleißende Sonnenlicht tat seinen Augen weh. Eigentlich will ich ihre Gesichter auch gar nicht so genau sehen. Sie ekeln mich alle an. Das Echo der schweren Stöße, mit denen der Reis enthülst wurde, hallte vom Haupthaus wider. Wenn du aufmerksam zuhörst, kannst du den Rhythmus des Hasses erkennen. Chencao steckte die Hände in die Taschen und verließ den Hinterhof. Er war überzeugt, daß mehrere Verschwörungen gleichzeitig im Gang waren oder vorbereitet wurden. Sie hassen deine Familie, weil deine Familie sie beherrscht. Wenn du andere beherrschst, hassen sie dich. Wenn du ihren Haß besiegen willst, mußt du ihnen alles geben, was du besitzt. Der Haß verschwindet erst, wenn alle gleich sind. Chencaos Freund in der Kreisstadt, Lu Fang, hatte das einmal gesagt. Lu Fang behauptete, das sei die Idee, auf der Karl Marx den Kommunismus aufgebaut habe. Chencao dachte: Das ist unmöglich. Du mußt nur einmal mit offenen Augen durch Fengyang gehen, und du weißt, daß es unmöglich ist. Chencao zuckte die Achseln und ging in den Vorderhof. Er hörte das nicht enden wollende Geräusch, mit dem die Arbeiter den Reis enthülsten. Im Hinterhof hörte er Yanyi schreien: «Mama, gib mir Hefeklöße!»

Fengyang war jede Ideologie, jeder Gedanke fremd. Chencao verstand sich selbst nicht. Wozu war er gut? Er ging am Wohnzimmer vorbei und sah durch die Türvorhänge seinen Vater, der einen Stapel Rotholzkisten öffnete. Der Klang der Silberschlüssel, die gegeneinander schlugen, gellte in seinen Ohren. Chencao bohrte sich mit dem Nagel des kleinen Fingers im Ohr. Dann fiel ihm ein, daß es Monatsende war. Wie üblich war sein Vater allein im Wohnzimmer und zählte Geld. Er dachte daran, daß er eines Tages die Rolle seines Vaters würde übernehmen müssen. Eines Tages würde sein Vater ihm in einer feierlichen Zeremonie die Silberschlüssel übergeben. Wie würde er sich dann fühlen? Würde er die Familie und das ganze Dorf Fengyang genauso beherrschen, wie es heute sein Vater tat? Würde er die Bürde tragen können, der jetzt noch auf den Schultern seines Vaters lastete?

Seit seiner Heimkehr fühlte sich Chencao schwach. Er wußte nicht mehr, wie lange er wieder zu Hause war. Aus Bambusstreifen und Hanfschnüren bastelte er zwei Tennisschläger. Als die Schläger fertig waren, fing er an, sich um einen Ball zu kümmern. Er nahm eine Handvoll Stoffetzen aus dem Nähkörbchen der Mägde und befahl ihnen, einen Ball zu nähen. Die Mägde fragten:

«Zweiter Junger Herr, willst du jetzt mit Stoffpuppen spielen?»

Er antwortete: «Redet keinen Unsinn! Ihr sollt mir einen Tennisball nähen.»

Als sie den Ball fertig hatten, war er so groß wie eine Pampelmuse. Chencao nahm den Stoffball mit trübsinnigem Lächeln entgegen und versuchte sich einzureden, wenn der Ball nur elastisch genug sei, werde es schon gehen. Er trug seine selbstgebauten Tennisschläger und den Ball zur Tenne auf dem Hinterhof. Die Aprilsonne prallte grell auf den harten Lehmboden. Sein Schatten sah wie ein verirrter Vogel aus. Außer dem schwachsinnigen Yanyi, der auf der Scheunentreppe saß, war der Hinterhof menschenleer.

Chencao ging zu Yanyi hinüber und hielt ihm einen Schläger vors Gesicht. «Yanyi, wir wollen Tennis spielen.»

Er sah zu, wie Yanyi seinen Hefekloß wegwarf und nach dem Tennisschläger griff. Er war froh, daß Yanyi sich für Tennis interessierte. Yanyi starrte gebannt auf den Stoffball, den er in der Hand hielt. Chencao lief ein paar Meter zurück, machte ein paar Übungsschläge, und dann prallten die Hanfschnüre mit dumpfem Schlag auf den Stoffball und schleuderten ihn in die Luft.

«Yanyi, schau auf den Ball!»

Yanyi sah mit weit aufgerissenen Augen hinter dem Ball her. Dann warf er den Schläger weg und setzte seinen kurzen, stämmigen Körper in Bewegung, um den Ball zu erwischen. Der Ball prallte von der Scheunenwand ab und fiel zu Boden. Schreiend und keuchend stürzte sich Yanyi auf den Ball. Chencao verstand nicht, was er vorhatte.

«Yanyi, du mußt den Ball mit dem Schläger treffen. Du darfst ihn nicht mit der Hand berühren.»

«Hefekloß! Gib mir den Hefekloß!»

«Das ist kein Hefekloß. Das kann man nicht essen.»

Noch während er ihm die Warnung zurief, sah Chencao, wie Yanyi den Ball in den Mund steckte. Yanyi hatte den Tennisball für einen Hefekloß gehalten. Wie konnte Yanyi einen Tennisball für einen Hefekloß halten? Weil er den Stoffball nicht durchbeißen konnte, nahm Yanyi ihn aus dem Mund und betrachtete ihn sorgfältig. Er fluchte wütend und warf den Ball über die Hofmauer. Chencao sah den weißglühenden Bogen, den der Ball in der Luft beschrieb, bevor er plötzlich verschwand.

Bei dir zu Hause in Fengyang wirst du nie Tennis spielen können. Niemals. Chencao kauerte sich auf den Boden und schlug die Hände vors Gesicht. Die Tenne lag wie ein weißes Tuch unter der Sonne, ein weißes Tuch, das hier und da von Strohhalmen und Mohnblättern übersät war. Es war windstill, aber dennoch roch er wieder den seltsamen, alles durchdringenden Duft von Schlafmohn. Chencao zerbrach seinen Tennisschläger. Der andere Schläger lag unter Yanyis Füßen. Er ging hin, um ihn aufzuheben. Dann sah er, daß Yanyi mit seinen Gummischuhen darauf stand.

Er berührte Yanyis Fuß und sagte: «Mach Platz! Ich will den auch zerbrechen.»

Yanyi rührte sich nicht. Chencao hörte ihn leise murmeln: «Ich bring dich um.»

Er fühlte, wie sich etwas Schweres auf seinen Kopf zubewegte. Dann sah er das Messer in Yanyis Hand. Es war genau auf ihn gerichtet.

«Idiot!»

Es war das erste Mal, daß er Yanyi einen Idioten nannte. Mit aller Kraft umklammerte er Yanyis Arm, aber er kam sich sehr schwach vor. Als er Yanyi zwischen die Beine trat, kam ihm auch der Tritt sehr schwach vor. Aber Yanyi schrie laut auf und fiel zu Boden. Das Messer fiel auch zu Boden. Yanyi wälzte sich hin und her und schrie: «Ich bring dich um. Ich bring dich um.»

Später erinnerte sich Chencao, daß er einen langen, langen Augenblick ganz still auf die glänzende Messerklinge geblickt hatte. Dann hob er das Messer auf und stach fünfmal zu. Er hörte sich selbst zu, wie er Stich um Stich von eins bis fünf zählte. Beim fünften Stich hörte er auf. Yanyis schwarzes Blut spritzte ins helle Sonnenlicht.

Viel später versuchte Chencao sich zu erinnern, wie lange er schon zu Hause gewesen war, als es geschah, aber er konnte sich einfach nicht mehr daran erinnern. Er wußte nur noch, daß eine Schar von Knechten und Mägden in den Hinterhof strömte und daß dann auch sein Vater und seine Mutter herbeistürzten. Sie sahen Yanyi tot vor der Scheune liegen.

«Yanyi hat mich nicht umgebracht. Ich habe ihn umgebracht.» Chencao stand reglos neben der Leiche. Seine Hand umklammerte den zweiten Tennisschläger. Er blickte verwirrt auf Yanyis blutüberströmten Kopf hinab. Dann wurde ihm schlecht, aber er konnte sich nicht übergeben. Vor seinen Füßen breitete sich eine dunkle Blutlache aus. Er begann zu schluchzen. «Ich wollte nur mit ihm Tennis spielen. Wieso habe ich ihn umgebracht?»

Chencao erinnerte sich, wie sein Vater den Arm

um ihn gelegt und gesagt hatte: «Chencao, du brauchst keine Angst mehr zu haben, daß Yanyi dich tötet. Jetzt hast du ihn getötet. Sein Schicksal hat es so gewollt.»

Er erinnerte sich, daß sein Vater ihn so fest im Arm gehalten hatte, daß er keine Luft bekam. In Haus und Hof herrschte Verwirrung. Es war immer noch windstill, aber er konnte den süßen Geruch des Schlafmohns auf den Feldern riechen. Er fühlte, wie der überwältigende Duft seinen erschöpften Körper durchdrang.

An dem Tag, an dem Yanyi beerdigt wurde, blieb Chencao in seinem Zimmer im Bett. Er blieb bis zum Einbruch der Dunkelheit im Bett. Sein Vater hatte die Tür von außen abgeschlossen. Allmählich ging der Mond auf, und er hörte, wie sich vor seinem Fenster der Wind erhob. Der Klang des Windes, der durch Fengyang wehte, war voll von Melancholie und Schrecken. Chencao zog sich die Bettdecke über den Kopf, aber er konnte das Geräusch des Nachtwinds nicht aus dem Zimmer ausschließen. Er wartete auf etwas, das aus dem Wind erscheinen mußte. In der Tat erschien ihm schließlich Yanyis Schatten. Er stand vor der Scheune, kaute an seinem Hefekloß und rief ihm zu: «Ich werde dich umbringen! Ich werde dich umbringen!»

Yanyi schlief in seinem Sarg. Die alten Bauern in Fengyang haben mir erzählt, daß der Sarg bis zum Rand mit schneeweißen Hefeklößen gefüllt war. Das, meinten sie, sei eine angemessene Grabbeigabe gewesen. Der schwachsinnige Yanyi konnte beruhigt die Augen schließen. Es würde ihm nie wieder an Hefeklößen mangeln.

Die Frau mit den Katzenaugen ist nicht mehr am Leben. Eines Tages ist sie beim Baden in der großen eisernen Badewanne ertrunken. Sie hielt die kleine Liu Suzi im Arm. Aber Liu Suzi hatte keine Angst vor dem Wasser. Es war, als tauchte die Tochter der Frau mit den Katzenaugen, die Tochter von Liu Laoxia, neugeboren aus dem Wasser auf. Ihre Haut war so rein, so weiß, so eiskalt wie Schnee im Frühling. Das ganze Dorf sprach über ihre verblüffende und zugleich erschreckende Schönheit.

Die Bauern von Fengyang erinnerten sich, daß Liu Suzi, als sie achtzehn war, Fengyang in einer roten Hochzeitssänfte verließ. Drei Tage später kam sie zurück. Sie ist nie in das Haus ihres Ehemannes eingezogen. Das ganze Jahr über konnte man sie in einem Nebenzimmer im zweiten Hof beobachten. Sie hielt eine gelbe Katze auf dem Schoß und ruhte sich aus. Sie war eine Frau, die gern schlief, und sie war eine Frau, die Katzen über alles liebte. Morgens wie abends konnte der heimliche Beobachter Liu Suzi zusehen, wie sie mit der gelben Katze im Arm auf ihrer alten Bambusmatte lag und schlief. Die Katze verbarg sich im Bogen ihrer Hüfte und hielt Wacht. Der heimliche Beobachter konnte auch ihre seltsamste Angewohnheit erkennen: Sie schlief nie in einem Bett, sondern lag im Sommer wie im Winter auf ihrer Bambusmatte.

Einmal im Jahr kehrte Liu Suzi für drei Tage ins Haus ihres Ehemanns zurück. Die rote Sänfte verließ das Haus am Neujahrsabend und kehrte am dritten Tag des neuen Jahres zurück. Die Jahre vergingen, und niemand wußte mehr, wie alt Liu Suzi war. Allmählich wurden ihre Augen blau wie die einer Katze, und der schneeweiße Glanz auf ihrer Haut wurde immer kälter. Ihr Lächeln glich von Jahr zu Jahr mehr dem ihrer verstorbenen Mutter. Im Dorf lief das Gerücht um, Liu Suzi habe noch Jahre nach ihrer Hochzeit ihre Unschuld bewahrt und sei immer noch Jungfrau. Man munkelte, der bucklige Besitzer der Tuchhandlung in der Kreisstadt sei kein richtiger Mann. Was war Wahrheit, was Lüge? Das hätte man Liu Laoxia fragen müssen, aber Liu Laoxia hätte es nicht verraten.

Liu Suzi ließ ihren langen dunklen Zopf nie schneiden. Tag für Tag saß sie auf ihrer Bambusmatte, und wenn ihr Vater das Zimmer betrat, blieb sie mit ihrer gelben Katze im Arm sitzen und sagte nur: «Laß mich in Ruhe! Dreihundert Morgen Land.»

Nur Vater und Tochter wußten, um was es bei diesen dreihundert Morgen ging. Liu Laoxia hatte dreihundert Morgen Ackerland dafür bekommen, daß er seine Tochter dem Buckligen zur Frau gab. Liu Laoxia sagte: «Liebe Tochter, wenn du nicht ausziehen willst, bleib einfach zu Hause. Aber dreihundert Morgen Land sind keine Schande, sondern eine Ehre für uns. Dein Vater hat dich nicht umsonst großgezogen.»

Liu Suzi lachte nur, schlang ihren langen Zopf um den Kopf und sagte: «Vater, diese dreihundert Morgen werden vom Wasser überflutet und vom Blitzschlag verwüstet werden. Diese dreihundert Morgen werden dir durch die Finger gleiten. Warte es nur ab. Das Schicksal hat es dir so bestimmt.»

Jahrzehnte später habe ich in Fengyang eine Fotografie von Liu Suzi gesehen. Die Ränder waren verbrannt. Ich sah die ehemalige Dorfschönheit von Fengyang, wie sie in einem eng anliegenden schwarzweiß karierten Kleid auf einer

Bambusmatte saß und eine gelbe Katze im Arm hielt. In ihrem Gesicht stand der ruhige, nichtssagende Ausdruck eines Menschen, der das Leben durchschaut hat. In ihren Augen und hinter ihrem Lächeln verbarg sich eine leise Todesahnung. Die Fotografie stammte von einem unbekannten ländlichen Fotografen. In ihrer einfachen Weisheit erlaubte sie dem Betrachter, das wahre Bild der Liu Suzi unmittelbar zu erfassen.

Eines Tages lag Liu Suzis gelbe Katze tot auf der Bambusmatte. In tiefem Schlaf befangen, hörte Liu Suzi die Katze maunzen. Sie dachte, sie habe sich im Schlaf über sie gewälzt. Als sie den kleinen Körper beiseite schob, rührte sich die Katze nicht. Sie glaubte, es sei ihr nichts geschehen. Als Liu Suzi aufwachte, stellte sie fest, daß die Katze tot war. Man hatte sie vergiftet.

Liu Suzi brach in bittere Tränen aus. Mit ungekämmtem Haar stürzte sie, die Katze im Arm, ins Zimmer ihres Vaters. Sie sah sich im ganzen Zimmer um und fragte nur:

«Cui Huahua?»

«Was willst du von ihr? Willst du wieder Streit anfangen?»

«Sie hat meine Katze vergiftet.»

«Woher willst du wissen, daß sie deine Katze vergiftet hat?»

«Ich weiß es eben. Selbst im tiefsten Schlaf würde ich es noch merken.»

«Mach keinen Ärger. Papa bringt dir eine neue mit.»

«Du brauchst dich nicht zu verstellen. Sie wollte nicht meine Katze vergiften, sondern mich. Ich weiß doch, daß ihr beide nur auf meinen Tod wartet.»

Liu Suzi saß mit der toten Katze im Arm im Hof und wartete auf Cui Huahua, aber Cui Huahua hielt sich versteckt und kam nicht heraus. Sie saß auf dem Nachttopf hinter ihrem Bett und weinte. Später erzählten ein paar Landarbeiter, Cui Huahua habe Opiumpulver in eine Schale Fischsuppe gerührt und die Katze damit gefüttert. Sie hatten sie dabei beobachtet. Im Dorf sagte man, Liu Laoxia könne alle Einwohner von Fengyang beherrschen, nur die beiden Frauen in seinem eigenen Haus – Liu Suzi und Cui Huahua – könne er nicht beherrschen.

In der Nacht vergrub Liu Suzi die tote Katze vor Cui Huahuas Zimmer.

Am nächsten Morgen hatte jemand die tote Katze ausgegraben und auf Liu Suzis Bambusmatte gelegt.

Den Haß, der zwischen den beiden Frauen herrschte, hättet ihr auf den ersten Blick erkennen können. Diese Art von Haß ist kleinlich, banal und unausrottbar. Jedermann wußte, daß die beiden Frauen einander anspuckten, wann immer sie sich trafen.

Liu Laoxia stampfte mit den Füßen auf, schlug mit seinem Ledergürtel auf Cui Huahuas nackten Rücken ein und schrie sie an: «Wehe, du spuckst sie noch einmal an! Wehe, du tust es noch einmal!»

Cui Huahua kreischte: «Was soll ich denn tun? Jedesmal, wenn sie mich sieht, nennt sie mich eine Schlampe!»

Im Hause Liu waren Frauen nichts weiter als Frauen. Wenn die Männer sie nicht in die Tasche steckten, hatten sie sie am Hals hängen. Die Leute in Fengyang sagten, Cui Huahua sei eine Schlampe gewesen. Sie sagten auch, Cui Huahua habe ein bemitleidenswertes Leben geführt. Die Männer der Familie Liu nutzten sie aus und warfen sie wie einen Spielball vom einen zum anderen.

Das Bild der Weiblichkeit Cui Huahuas verwirrt mich. Es stellt so etwas wie ein Schlüsselbild für diese Epoche dar. Die Männer dieser Erzählung umschwärmten Cui Huahua wie Heuschrecken, und ein Ende jedes einzelnen roten Fadens, der diese Geschichte durchzieht, geht von ihrem Körper aus.

Ich habe einmal versucht, die Namen in dieser Geschichte in einem Diagramm anzuordnen. Ich war erstaunt, wie sehr das Diagramm einem weiblichen Geschlechtsteil ähnelt:

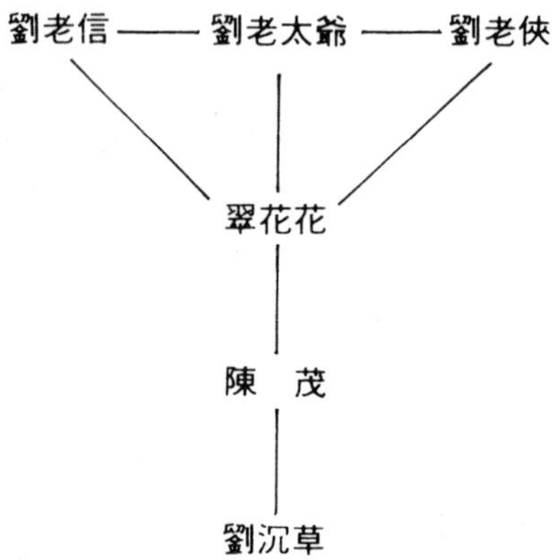

In Fengyang hat man mir erzählt, Cui Huahua habe früher in der Stadt als Kinderprostituierte gearbeitet. In dem Jahr, in dem Liu Laoxin, der jüngere der beiden Söhne des alten Herrn Liu, Hand in Hand mit ihr durch Fengyang spazierte, war Cui Huahua nichts als ein munteres, verspieltes, stark geschminktes kleines Mädchen. In diesem Jahr feierte sein Vater, der alte Herr Liu, seinen sechzigsten Geburtstag, und Liu Laoxin konnte einfach nicht genug Geld für ein angemessenes Geschenk auftreiben. Also schenkte er seinem Vater Cui Huahua zum Geburtstag. Es heißt, Cui Huahua sei erst in Fengyang zur Frau geworden. Als sie zur Frau geworden war, ertrank die Frau mit den Katzenaugen in der Badewanne.

Im Hof trieb jemand das Maultier an, das den Mühlstein drehte. Es war noch nicht Tag, und schon konnte man das laute Knirschen des Mühlsteins hören. Plötzlich schrie der Maultiertreiber: «Rühr dich, du beschissenes faules Biest!»

Seit er wieder in diesem Haus wohnte, hatte sich Chencao an unangenehme Geräusche jeder Art gewöhnt, aber dieser Maultiertreiber war ein besonderer Fall. Kaum hörte er seine Stimme, fing sein ganzer Körper an zu jucken. Es war ein seltsames Leiden, das ihn immer dann befiel, wenn er die Stimme dieses Mannes hörte. Dann juckte es ihn jedesmal am ganzen Körper. Chencao stieg aus dem Bett, öffnete das Fenster und sah einen Mann, der mit nacktem, schweißüberströmtem Oberkörper im Hof arbeitete. Das ist Chen Mao, dachte er, der Vorarbeiter. In diesem Haus spielt er eine besondere Rolle. Vater sagt, Chen Mao sei ein übler Typ, aber er behält ihn hier im Haus und unternimmt nichts, wenn er Ärger macht. Das muß wohl Vaters seltsames Leiden sein.

«Chen Mao, treib das Maultier da weg!»

«Das geht nicht. Es ist ein faules Maultier, und ich kann es nicht bewegen.»

«Was mahlst du jeden Tag mit diesem Stein?»

«Reismehl. Das verstehst du nicht, Zweiter Junger Herr. Wenn ich den Reis deiner Familie essen will, muß ich auch für deine Familie arbeiten.»

«Hör auf, Reismehl zu mahlen. Iß den Reis einfach so, wie er ist.»

«Wir haben zu viel Reis. In den Speichern deiner Familie ist kein Platz mehr dafür.»

Chencao schloß das Fenster. Durch das Ölpapier des Fensters spürte er, wie dieser Kerl ihn immer noch anstarrte. Im Dorf sang man ein Spottlied über ihn:

Chen Ermao ist der König der nächtlichen Diebe,
Drei Damen genossen gestern nacht seine Liebe,
Und heute nacht, ich weiß es genau,
Besucht Chen Ermao deine Frau.

Chencao wußte, daß der Kerl im Dorf als Weiberheld berüchtigt war. Sein mangelnder Respekt vor den Rechten der Ehemänner, seine nächtlichen Abenteuer, seine Sittenlosigkeit störten ihn nicht.

Was ihn mit Abscheu erfüllte, war der dumpfe, besessene Blick, mit dem Chen Mao ihn anstarrte. Chencao erinnerte sich, daß Chen Maos starrer Blick ihn seit Jahren verfolgte. Als er noch klein war, sah er jedesmal, wenn er in den hinteren Hof ging, Chen Mao unter einem Birnbaum sitzen. Damals standen fünf Birnbäume im Hinterhof. Sein Vater hatte die Kinder ermahnt: «Seid nicht gierig. Die Birnen sind nicht dazu da, daß wir sie essen. Im Herbst werden die Knechte sie pflücken und auf den Markt bringen. Wir werden fünf Säcke Reis dafür bekommen.»

Chencao erinnerte sich, daß es Chen Maos Aufgabe war, die Birnbäume zu bewachen. Chen Mao saß mit seinem Hund unter den Birnbäumen. Er wollte mir immer beide Wangen streicheln, erinnerte sich Chencao. Seine Handflächen waren rauh wie Sandpapier.

«Kleiner Wölfling, frecher Welpe», sagte Chen Mao, und sein Mund stank nach Mist. Der Juckreiz war nahezu unerträglich. Chen Mao hatte gesagt: «Willst du eine Birne essen?»

«Ja.»

«Wenn du mich so nennst, wie ich es will, steige ich auf den Baum und pflücke dir eine Birne.»

«Wie soll ich dich nennen?»

«Vater.»

«Nein. Du bist nicht mein Vater. Du bist ein Knecht, der für meine Familie arbeitet.»

Chencao sah, wie Chen Maos Augen sich trübten. Chencao dachte: Seine Hand, die nach Mist stinkt, hat mein Gesicht fast zerquetscht.

«Du weißt nicht, was ‹Vater› bedeutet. Ich bin dein Vater.»

Flink wie ein Affe war Chen Mao auf den Birnbaum geklettert und hatte Chencao sieben Birnen zugeworfen. Chencao erinnerte sich, daß er schnell in eine Birne gebissen hatte. Sie war unreif und sauer gewesen. Dann hatte er die sieben Birnen eingesammelt und war damit ins Zimmer seines Vaters gerannt. Eigentlich wollte er die Birnen ja essen, aber aus irgendeinem Grund, den er selbst nicht verstand, war er ins Zimmer seines Vaters gerannt, hatte ihm die Birnen gegeben und hatte im Davonlaufen gerufen: «Vater, Chen Mao hat mir sieben Birnen gegeben.»

Chencao erinnerte sich an das, was an diesem Abend geschehen war. Chen Mao kniete vor Chencaos Vater. Die sieben fleckigen Birnen lagen wie sieben kleine Totenschädel auf dem Boden. Chen Maos glatter steinharter Rücken glänzte vor Schweiß. So viele Schweißtropfen! Jene besonders großen und glänzenden Schweißtropfen, die auf den Rücken der Knechte standen.

Vater sagte: «Chencao, komm her und reite auf dem Rücken dieses Hundes.»

Chencao fragte: «Hund? Was für ein Hund?»

Vater zeigte auf Chen Mao: «Er ist ein Hund. Steig auf seinen Rücken und reite.»

Chencao sah mit dumpfem Blick auf die Birnen am Boden. Vater sagte:

«Steig auf und reite, mein Sohn!»

Chencao kletterte auf Chen Maos Rücken, und das Fleisch zwischen seinen Beinen zitterte leicht. Er schrie: «Vater, es juckt mich überall.»

Sein Vater sagte: «Chencao, laß ihn bellen, laß ihn auf allen vieren laufen!»

Chencao klopfte Chen Mao auf den Rücken und sagte: «Bell, Hündchen, bell! Lauf, Hündchen, lauf!»

Chencao erinnerte sich: Chen Mao ist auf allen vieren zur Tür gekrochen und hat mich auf dem Rücken getragen, aber gebellt hat er nicht. Vater hat ihn angebrüllt: «Chen Ermao, du bist ein Hund. Warum bellst du nicht?»

Chen Mao blieb reglos auf allen vieren neben der Tür stehen. Die Schweißtropfen auf seinem Rücken taten Chencao weh, und es juckte ihn am ganzen Körper.

Chencao sagte: «Vater, es juckt mich am ganzen Körper.»

Sein Vater schrie: «Chen Ermao, wenn du nicht bellst, kriegst du nichts zu essen.»

Chen Maos kahler Kopf neigte sich nach vorn, bis er mit einem dumpfen Klang auf dem Boden aufschlug. Chencao hörte ihn bellen ... *Wau, wau, wau*, wie ein richtiger Hund. Gleich danach wurde Chencao vom Rücken seines Reittiers gehoben. Chen Mao stand auf, blieb unter der Tür stehen und schlug die Hände vor die Augen. Mit einem Würgen im Hals sagte er: «Leckt mich doch am Arsch. Ich kündige. Ich bin nicht mehr der Hund dieser Familie.»

Er hob den Kopf, und Chencao sah, daß sein Gesicht auch dann noch hübsch und zugleich dumm wirkte, wenn er wütend war. Taumelnd trat er ein paar Schritte zurück, sah zum Himmel auf, wandte sich Chencao zu und sagte: «Es wird dunkel. Ich gehe jetzt.»

Was Chencao nicht verstehen konnte, war, warum Chen Mao zurückgekommen war, nachdem er einmal gegangen war. Er war stark, er hatte Frauen, er konnte seinen Bauch immer füllen. Warum war er zurückgekommen? Er wußte nicht mehr, wie oft der Klang von Chen Maos Blechtrompete verklungen war, nur um wieder zu erklingen. Jedesmal, wenn er den Klang wieder hörte, sah er kurz danach Chen Mao, der am Pfosten des Hoftors lehnte, sich ungeniert am Bauch kratzte und rief:

«Grundbesitzer, ich bin wieder da.»

Die Morgenluft war erfüllt vom Geräusch der Reismühle, als Chencao plötzlich ein überraschendes Bild erblickte. Hinter dem Papierfenster sah er, wie sich die Silhouette des Maultiertreibers Chen Mao in den Schatten eines Hundes verwandelte. Er trommelte mit den Fingern auf das Fensterbrett. Vielleicht war es dieser Hundeschatten, der seinen merkwürdigen Juckreiz so unerträglich machte. Chencao öffnete das Fenster, um Chen Mao noch einmal anzusehen. Die Sonne war aufgegangen, der Mühlstein war in ein leicht rötliches Licht gehüllt, und er entdeckte, daß Chen Maos müdes Gesicht unter den Sonnenstrahlen dem Kopf eines Hundes glich.

In ganz Fengyang gab es nicht einen Mann, dessen sexuelle Abenteuer abwechslungsreicher, zahlreicher und spannender gewesen wären als die Chen Maos. Wenn Chen Mao durch das Dorf spazierte, bewunderten alle Männer zwei Dinge: seine Blechtrompete und das, was sich unter seiner Hose verbarg. Die Männer von Fengyang waren überzeugt, daß Chen Maos goldener Speer nie erlahmte, und die Frauen, die auf der Veranda saßen und klatschten, hatten ein immerwährendes Gesprächsthema: Chen Mao ist letzte Nacht schon wieder in Cui Huahuas Schlafzimmerfenster geklettert.

Chen Mao war letzte Nacht schon wieder in Cui Huahuas Schlafzimmerfenster geklettert. Im Dunkel der Nacht tanzte sein Herz wie ein Boot auf den Wogen. Er sah sein wahres Ebenbild in dem Licht, das sich im Spiegel brach. Vorsichtig streckte er die Hände aus und ließ sie auf Cui Huahuas Bett ruhen. Wie sie da lagen, glichen sie zwei frisch gerupften Hühnerflügeln. In der Stille fühlte er, wie er hart und erregt war, dann wieder weich und verschrumpelt wurde. Er kauerte sich neben das hölzerne Bett. Ein süßer und zugleich abstoßender Geschmack füllte seinen Mund. Cui Huahua lag zusammengerollt da wie eine weiße Schlange, die zischend ihre rosa Schlangenzunge ausstreckt. Sie hielt ihn so fest an den Ohren, daß er Angst hatte, sie würde sie ihm abreißen.

«Ich komme!»

«Du Hund!»

Chen Mao schob den weißen Unterleib der Frau beiseite und richtete sich auf. Ihm war speiübel. Er spuckte ein paarmal auf den Boden, aber sein Magen war leer, und es gab nichts, das er hätte ausspeien können. Plötzlich lachte Cui Huahua laut auf, hob ein Bein und beförderte ihn mit einem Fußtritt auf den Boden. «Verschwinde, du geiler Bock!»

Auf dem Boden war es noch kälter. Chen Mao sah, daß sich Cui Huahua bereits wieder unter die Bettdecke gekuschelt hatte. Sie zog einen Hefekloß unter dem Kopfkissen hervor und fing an zu essen. So war es jedesmal: Chen Mao sah zu, wie Cui Huahua ihren Hefekloß aß, und hörte, wie sein Magen knurrte.

«Gib mir die Hälfte ab», sagte er.

«Da, das ist für dich.» Cui Huahua riß ein Stück von ihrem Hefekloß ab und warf es ihm zu. «Verschwinde!»

Chen Mao zog, an dem Hefekloß kauend, die Hose hoch und sprang voll Kummer und Wut aus dem Fenster. Als er barfuß zu dem Gebäude schlich, in dem die Knechte schliefen, hörte er, wie ein Nachtwächter draußen vor den Mauern vorbeiging. Die Bambusklappern erklangen bald nah, bald wieder weit entfernt. Unter dem Nachttau verströmte ein Haufen Viehfutter den Geruch von Tränen und Klagen. Chen Mao überlegte sich, daß alle Tage seines Lebens zusammen nicht mehr wert waren als ein Haufen Viehfutter. Einen Teil davon hatte er an Frauenkörper verschwendet, einen Teil an die Felder der Familie Liu. Das war nun einmal sein Leben. Und so mußte er weiterleben.

Auf den Feldern reifte der Mohn. Blüten und Blätter wurden in die große Scheune der Familie Liu geschafft. Jetzt konnte die Opiummanufaktur von Fengyang die Arbeit aufnehmen. Heutzutage könnt ihr durch den ganzen Süden reisen: Ihr werdet nicht eine ländliche Produktionsstätte dieser Art finden. Von den Trockendarren bis zu den Mühlsteinen, die den Mohn zu Pulver rieben, herrschte rundum die geschäftige Stimmung der Erntezeit. Die Pächter ließen das Opium von Fengyang achtzehn Tage in der Sonne trocknen. Dann rösteten es die Knechte achtzehn Tage über kleiner Flamme. Danach wurde es gesiebt, und schließlich wurde das feine aschweiße Pulver auf das Salzschiff verladen. Im Dorf wußte man nur, daß die Salzschiffe das Opium von Fengyang an viele unbekannte ferne Orte transportierten. Es sollte nicht mehr lange dauern, bis das Opium abgeholt wurde.

Chencao schrieb in sein Tagebuch: Das Salzschiff kommt einmal im Jahr. Bald werde ich es zum erstenmal sehen. Wer weiß, wann die Tradition des Schlafmohnanbaus in Fengyang begonnen hat? Damals war ich noch nicht einmal auf der Welt.

Vater sagt: «Diesen Weg zum Wohlstand verdanken wir deinem verrückten Onkel. Damals, als das Land am Ostufer noch ihm gehörte, habe ich eines Tages eine hübsche scharlachrote Blume gesehen, die auf seinen Feldern wuchs. Ich habe ihm gesagt: ‹Laoxin, du solltest besser beim Gemüseanbau bleiben. Wozu züchtest du Blumen?›

Laoxin hat gesagt: ‹Das sind keine Blumen. Das ist das beste Gemüse, das es gibt. Wenn du es ißt, wirst du nie wieder anderes essen wollen.›

‹Was zum Teufel für ein Gemüse soll das denn sein?›

‹Opium. Aus diesen Blumen macht man Opium.›

Ich habe gefragt: ‹Und wozu, um Gottes willen, pflanzt du Opium?›

Laoxin hat gesagt: ‹Um es zu essen. In der Stadt essen sie kein Gemüse. Sie essen statt dessen das da.› Hör auf mich, Chencao.»

Seine Augen glänzten. Mein Vater sagte: «Als ich auf das Feld gegangen bin und diese Kapseln in die Hand genommen habe, habe ich gehört, wie die verdammten Blumen mir ein Lied vorsangen. Wirklich, ich habe sie singen gehört, und sie haben mich verzaubert.»

Hier in den Mohnfeldern kann man den Unterschied zwischen Intelligenz und Dummheit erkennen. Könnt ihr das Lied des Schlafmohns hören? Das einzige, was mein verrückter Onkel konnte, war, seinen Mund zu halten und seinen Schwanz zu bedienen, und deshalb ist er jung gestorben. Mein Vater war intelligent, und deshalb konnte er das Lied des Schlafmohns hören. Mein Vater kann Gold von Dreck unterscheiden. Wie wären sonst die achtzig Morgen Land, die unsere Vorfahren besaßen, so angewachsen, daß uns jetzt ganz Fengyang gehört? Das ist es, was mein Vater in einem halben Leben harter Arbeit erreicht hat.

Niemand weiß, warum manche Menschen von Geburt an von Angst vor einer bestimmten Pflanze geplagt werden. Solange die Mohnernte dauerte, hielt Chencao die Fenster dicht geschlossen und schrieb wie besessen an seinem Tagebuch. Jeden Tag klopfte sein Vater ans Fenster.

«Chencao, komm heraus», rief sein Vater und klopfte ans Fenster. «Versteck dich nicht vor dem Schlafmohn. Denk nicht an deine Angst vor den Mohnblüten.»

«Ich habe Angst, daß mir schwindlig wird.»

Chencao sprach mit dem Schatten seines Vaters vor dem Fenster. Sein Vater klopfte um so kräftiger ans Fenster. «Wenn du rauskommst, wird dir nicht schwindlig werden. Du wirst sehen: Du hast dich schon an den Mohn gewöhnt.»

Chencao öffnete die Tür und blieb im Eingang stehen. Er roch den Duft des Schlafmohns, der in schweren Schwaden über den Hof zog. Aus dem hinteren Hof hörte man den Klang der großen Messer, mit denen Stengel, Blüten und Blätter voneinander getrennt wurden. Chencao strich sich über die Stirn und lächelte. Mir ist nicht schwindlig. Mir ist überhaupt nicht schwindlig. Er wußte nicht, wann genau dieser gewaltige Wandel eingetreten war. Er dachte: Vielleicht ist es ja gut, daß mir nicht schwindlig ist.

Sein Vater kam mit einer Handvoll Opiumpulver aus der Scheune und hielt es ans Licht, um die Qualität zu prüfen. Sein Gesicht trug einen ernsten, strengen Ausdruck, als hielte er eine heilige Flamme in den Händen. Chencao dachte: Vielleicht ist das Pulver, das mein Vater in den Händen hält, wirklich die heilige Flamme, die uns alle am Leben erhält. Nach einem Jahrhundert des Hungers ernährt sie heute Fengyang, und sie ernährt auch mich. Aber ich bin immer noch verwirrt.

«Bald werden sie kommen und das Opium abholen», sagte man in Fengyang.

Grundbesitzer Liu Laoxia stand in der Tür seiner vierzig Jahre alten Opiummanufaktur. Die Räume hinter ihm lagen im Dunkeln. Vor vierzig Jahren hatte Liu Laoxia nicht ahnen können, daß er zum größten Opiumproduzenten des Südens werden sollte. Als Grundherr kümmerte er sich erfolgreich um den Anbau und die Ernte. Er wußte nicht, daß das Opium, das er in Händen hielt, in der Welt außerhalb von Fengyang wie ein verzehrendes Feuer brannte und fast das halbe Land in Asche verwandelte. Das ging ihn nichts an. Als die Bauern von Fengyang Jahrzehnte später erfuhren, daß ihr Heimatdorf einst in aller Welt als Königreich des Opiums bekannt gewesen war, war schon alles vorbei. Die endlosen Mohnfelder waren verschwunden wie ein Traum und hatten keine Spur auf dem fruchtbaren Boden an beiden Ufern des Flusses hinterlassen. Manche Leute sagen, es gebe nichts als die Geschichte des Bodens, auf die Menschen komme es nicht an.

Großväter erzählten ihren Enkeln: «Liu Laoxia hat den ersten Morgen Land mit Schlafmohn bebaut, als er siebenunddreißig Jahre alt war. In jenem Sommer hat er zehn Pfund Opium geerntet. (Das war das Jahr, in dem auch der schwachsinnige Yanyi auf die Welt kam.) Mit einem dicken Bündel

Bambusrohre auf dem Rücken machte sich Liu Laoxia auf den Weg in die Stadt. Die Reisenden, die er auf dem Weg traf, starrten neugierig auf die Bambusrohre auf seinem Rücken. Jedesmal, wenn sie sich um ihn scharten und seine Bambusrohre anstarrten, schrie Liu Laoxia die Leute an. Er trommelte mit den Fingern auf den Rohren herum und rief: ‹Verschwindet! Verschwindet! Ihr werdet euch noch die Augen an den blöden Bambusrohren ausstechen.› Liu Laoxia ging allein in die Stadt, um sein Glück zu machen. Nicht einmal einen Knecht nahm er mit. Zu Schiff und mit der Bahn reiste er in den Norden und schleppte die schweren Bambusrohre auf dem Rücken mit. Wenn man ihn fragte, was in den Bambusrohren sei, das so süß roch, sagte er, es sei Getreide. Getreide riecht immer süß. Nach einiger Zeit kam es ihm vor, als trage er wirklich Getreide auf dem Rücken. Als Liu Laoxia endlich in die Stadt kam, hatte er seine Schuhe durchgelaufen. Er ging barfuß weiter, und die Leute haben ihn genau so angestarrt, wie sie uns heute noch anstarren. Die Stadtbewohner sehen aus wie Frauen, und ihre Frauen sehen aus wie verführerische Dämonen. Sie haben alle so eine helle, glänzende Haut wie Cui Huahua, und der Duft ihrer parfümierten Körper ist überwältigend, wenn man ihnen zu nahe kommt. Niemand schenkte einem alten Hund wie Liu Laoxia Beachtung. Im stillen dachte er: Ich und mein Reis sind es, die euch Hunde und Hündinnen am Leben erhalten, und ihr kennt mich nicht einmal. Er drängte sich durch die Menschenmenge in ein Warenhaus. Seit er in Fengyang aufgebrochen war, hatte er nicht mehr ans Essen gedacht. Jetzt war sein leerer Magen voll von Gas. Mitten in der Menschenmenge fing er an, wie ein Wilder zu furzen.»

Großväter strichen ihren Enkeln über das Haar und sagten: «Und wie Liu Laoxia furzen konnte! Später schlief er in einem Hauseingang ein. Mitten im schönsten Schlaf spürte er, wie sich die Bambusrohre unter seinem Kopf bewegten. Er schlug die Augen auf und sah, wie ein alter Bettler versuchte, die kostbaren Bambusrohre unter seinem Kopf wegzuziehen. Der alte Bettler sagte: ‹Gib mir ein paar Bambusrohre, damit ich mein Essen darin aufbewahren kann.› Liu Laoxia sprang auf und schlug ihm ins Gesicht. Später erzählte ihm jemand in einer stillen Gasse, daß die Bordelle Opium kauften. Er ging eine gewundene Straße entlang, bis er an ein großes Haus kam, vor dem eine rote und eine grüne Laterne hingen. Er ging einfach hinein und legte seine Bambusrohre auf den Boden. Im schwachen Lampenlicht konnte er im Empfangsraum undeutlich die Gestalten von ein paar verkommenen Männern und Frauen ausmachen, die in den verschiedensten Stellungen auf dem Boden lagen. Liu Laoxia klatschte in die Hände und sagte: ‹Ich habe das weiße Pulver gebracht.› Er sah zu, wie diese verkommenen Männer und Frauen aufstanden, sich um ihn scharten und ihn aus matten Gesichtern ansahen. Liu Laoxia sagte: ‹Zum Teufel mit euch, ihr faulen Schweine. Ich habe euch guten Stoff mitgebracht. Was starrt ihr mich so blöde an?› Er öffnete eins seiner Bambusrohre, nahm eine Handvoll Opiumpulver heraus und ließ es durch die Finger rieseln. Er hörte, wie einer von ihnen brüllte: ‹Opium! Opium!› Dann stürzten sie sich alle auf die Bambusrohre und stießen Liu Laoxia beiseite. Er stampfte mit dem Fuß auf und rief: ‹Nicht so eilig! Erst das Geld!› Keiner kümmerte sich um ihn. Diese Elenden haben das Bambusrohr geleert wie ein Haufen Schweine, die sich ums Futter streiten. Liu Laoxia stampfte mit dem Fuß auf und rief wieder: ‹Ich will mein Geld! Ich will mein Geld!› Er schrie sich heiser, aber sie rannten alle weg, Gott weiß wohin. Später hat Liu Laoxia erzählt, er sei nicht hinter dem Geld hergelaufen. Er sagte: ‹Sie haben sich wirklich genau wie Schweine benommen. Als ich das Futter in den Trog schmiß, kamen sie angerannt, und als der Trog leer war, sind sie wieder weggerannt und haben sich im Schlamm gewälzt.›»

Daß die Großväter so gern erzählten, wie Liu Laoxia mit siebenunddreißig Jahren in die Stadt gefahren war, hatte viel mit ihrem Hang zur Heldenverehrung zu tun. Aber ihre Enkel ahnten, daß die Schlafmohnfelder der Familie Liu von vorne bis hinten ein Produkt der Korruption waren. Einmal im Jahr kamen die Opiumhändler nach Fengyang. Auf dem Salzboot wurden Opium und Reis flußabwärts transportiert. Nachdem das eine Zeitlang so gegangen war, betrachtete man die beiden Pflanzen in Fengyang als gleichwertig. Die Großväter zeigten auf die Reisfelder auf dem linken Ufer und die Mohnfelder auf dem rechten Ufer und sagten zu ihren Enkeln: «Auf beiden Seiten wächst unsere tägliche Nahrung, und diese Nahrung brauchen wir, um zu überleben.»

Ein halbes Jahr nachdem Chencao nach Hause gekommen war, überfiel der Bandit Jiang Long seine Familie.

Um Mitternacht erklang der Hufschlag galoppierender Pferde rings um das Anwesen der Familie Liu. Im Dienstbotentrakt schrien die Mägde erschreckt: «Jiang Long kommt.»

Chencao zog sich an und eilte in den Hof. Draußen vor den Mauern und drinnen im Hof flackerten unruhige Lichter und huschten Schatten. Nur das Zimmer seines Vaters blieb dunkel und still. Chencao rannte hinüber und klopfte ans Fenster. «Vater, wach auf! Jiang Long und seine Banditen sind da.»

Drinnen im Zimmer räusperte sich sein Vater und sagte: «Keine Panik! Er kommt nicht durchs Tor. Sag den Leuten, sie sollen ein paar Säcke Reis über die Mauer werfen. Dann ziehen die Banditen wieder ab.»

Chencao stand im Tor und rief nach Chen Mao und den anderen Knechten, aber niemand antwortete. Die Leute im Dienstbotentrakt wirbelten wie kopflose Fliegen umher, und irgend etwas fiel mit lautem Krachen um. Als Chencao zum vorderen Hof rannte, hörte er, wie sich die beiden schweren Torflügel aus Fichtenholz knarrend öffneten. «Wer hat das Tor aufgemacht?»

Als Chencao fragte, war es bereits zu spät. Der Hufschlag war jetzt im inneren Hof zu hören. Neun Pferde galoppierten eins hinter dem anderen in den Hof. Die Flammen in den großen Laternen, die die Reiter in den Händen trugen, flakkerten kurz und brannten dann wieder hell und stetig. Chencao hatte Jiang Longs Banditen noch nie gesehen. Die Reiter hielten Gewehre in den Händen, ihre Gesichter waren mit schwarzem Tuch verhüllt, und an den Füßen trugen sie rote Hanfsandalen. Der wilde, kriegerische Anblick verblüffte Chencao. Er steckte die Hände tief in die Taschen und fragte den Reiter auf dem weißen Pferd: «Bist du Jiang Long?»

Er hörte das laute Lachen des Reiters auf dem weißen Pferd, als er das schwarze Tuch vom Gesicht riß. Darunter kam ein junges schlankes Gesicht mit heldenhaft tapferer Miene zum Vorschein.

«Jiang Tiangong!» rief Chencao erstaunt.

Jiang Long war niemand anders als sein Schulkamerad Jiang Tiangong. Das hätte er sich nicht träumen lassen. Chencao schlug die Augen nieder. Als er so vor dem weißen Pferd und seinem Reiter stand, mußte er daran denken, wie oft ihn Jiang Tiangong auf dem Rücken in die Schule getragen hatte. Zum Lohn hatte er jedesmal einen halben Hefekloß bekommen.

Als sein Vater in den Hof trat, hatte er seinen Gürtel noch nicht geschlossen. Er verriet keinerlei Anzeichen von Schrecken, als er sich den Gürtel umband und fragte: «Warum bist du hereingekommen? Genügt es dir nicht mehr, wenn ich Reis über die Mauer werfe?»

«Man hat uns das Tor geöffnet. Also wollten wir eintreten und der Familie Liu unseren Respekt erweisen.»

«Wieviel Reis soll es denn sein?»

«Mit zehn Säcken sind wir zufrieden.»

«Dieses Jahr hat Dürre geherrscht, und die Ernte war schlecht. Wie wäre es mit acht Säkken?»

«Nichts da! Zehn Säcke und nicht einer weniger. Außerdem wollen wir jemand mitnehmen.»

«Ihr wollt jemand mitnehmen? Wen denn?»

«Deinen Sohn Liu Chencao.»

«Mach keine Witze. Ich gebe dir zehn Säcke.»

«Wir wollen den Reis, und wir wollen ihn. Ich will den Sohn eines reichen Mannes mit in die Berge nehmen und ihm beibringen, zu töten, zu rauben, zu plündern und Feuer zu legen.»

Sein Vater stand wie erstarrt da. Im Schein der Laternen sah Chencao, wie sich sein Gesicht verfinsterte. Seine Lippen zitterten. Aber er stand aufrecht und unbeugsam wie ein Baumstamm da. Chencao dachte an den Tag seiner Heimkehr, als in den Hügeln von Huoniu eine Stimme seinen Namen gerufen hatte. Er verstand die Welt nicht mehr. Er trat an das weiße Pferd heran, griff nach den Zügeln und fragte: «Jiang Tiangong, erinnerst du dich noch an damals?»

«Ich erinnere mich. Wäre es nicht so, würde ich deine Familie nicht heimsuchen.»

«Aber ich habe dir Hefeklöße gegeben.»

«Die Hefeklöße habe ich längst ausgeschissen, aber meinen Haß kann ich nicht ausscheißen.» Jiang Long knallte laut mit der Peitsche. «Liu Chencao, du hast nichts kapiert. Nicht wahr?»

«Und wenn ich nicht mit dir in die Berge will?»

«Dann brennen wir den Hof nieder und bringen deine ganze Familie um.»

Chencao hörte, wie sein Vater laut seufzte. Liu Laoxia trat ein paar Schritte vor und schlang die Arme um die Beine des weißen Pferdes. Langsam glitt er zu Boden, bis er vor dem Reiter kniete.

Chencao schlug die Hand vor die Augen, als er seinen Vater sagen hörte: «Ich gebe dir die ganze Scheune. Nimm soviel Reis, wie du willst.»

«Wir haben genug Reis. Ich will jemanden aus deiner Familie. Wenn du mir deinen Sohn nicht geben willst, gib mir deine Tochter.»

«Wen?»

«Deine Tochter, Liu Suzi. Ich will mit deiner Tochter schlafen. Ich will drei Tage und drei Nächte mit ihr schlafen. Wenn ich mit ihr fertig bin, schicke ich sie dir aus den Bergen zurück.»

Chencao erinnerte sich, daß er nach dem steinernen Reisstößel gegriffen hatte. Aber als er sich vorbeugte und versuchte ihn zu heben, schaffte er es nicht. Liu Laoxia zog die schwachen Arme seines Sohnes vorsichtig zurück und sagte leise: «Keine Bewegung, mein Sohn! Das geht nur deinen Vater etwas an.»

Er sah, wie seinem Vater die Tränen über das Gesicht liefen, als er sich langsam in den hinteren Hof zurückzog. Er machte ein paar Schritte, wandte sich um und fragte: «Drei Tage und drei Nächte? Du wirst dein Wort halten?»

Neun Pferde brachen durch das nächste Tor und stürzten in den hinteren Hof. Wild und ungeduldig zerriß ihr Hufschlag die nächtliche Stille über dem Anwesen. Als die neun Pferde zurückkehrten, trug eines von ihnen eine Frau auf dem Rücken, die man jäh aus dem Schlaf gerissen hatte. Chencao erinnerte sich später an seine ältere Schwester, die Jiang Long wie eine Katze unter dem Arm trug. Ihr Haar flatterte wild im Wind, und ihre dunkelgrünen Augen strahlten im Dunkel. Ihr weißes Seidennachthemd war bei ihrem vergeblichen Kampf an mehr als einer Stelle zerrissen. Sie spielte nervös mit ihrem langen Zopf. Ihr Gesicht war so weiß wie Papier.

Chencao hörte ihren Schrei: «Vater, hilf mir!»

Aber sein Vater stand mit geschlossenen Augen da, als schliefe er. Chencao sah, wie der lange Zopf seiner älteren Schwester plötzlich herabfiel und hinter dem Pferd auf dem Boden schleifte wie ein Zweig.

Sie streckte die Hand nach ihm aus und rief: «Chencao, hilf mir!»

Als Chencao nach der Hand seiner Schwester griff, sah er das rote Mündungsfeuer von Jiang Longs Gewehr. Sein rechter Arm erlahmte. Es fühlte sich an, als habe ihn etwas gebissen. Er ist gebrochen, dachte Chencao, mein rechter Arm ist gebrochen. Es ist ein Albtraum.

Gegen Mitternacht verließen Jiang Long und seine Banditen wie ein Wirbelsturm den Hof. Die Knechte und Mägde standen an der Mauer und blickten Vater und Sohn Liu an. Chencao setzte sich in einen Korbstuhl und fühlte, daß sein ganzer Körper blutüberströmt war. Zuerst konnte er an gar nichts denken. Dann sah er plötzlich Yanyis blutüberströmtes Gesicht vor sich. Damals, irgendwann in der Vergangenheit, war auch Yanyis Körper von Blut überströmt gewesen. Chencao fror. Er bahnte sich einen Weg durch die erschreckten Dienstboten und ging in sein Zimmer, um sich anzuziehen. Er hörte, wie sein Vater in der Finsternis laut aufschrie. Liu Laoxia hob beide Fäuste zum Himmel und schlug sich gegen den Kopf.

«Geht Gewehre kaufen! Geht und kauft einhundert Gewehre!»

Chencao zog eine gefütterte Baumwolljacke an, aber sie wärmte ihn nicht. Er biß sich auf die Lippen und ging wieder hinaus auf den Hof. Die Dienstboten waren wieder hineingegangen, und sein Vater stand allein im Mondlicht. Er streckte die geöffnete Hand aus, als wartete er auf eine milde Gabe.

Liu Laoxia fragte seinen Sohn: «Ist das der Anfang vom Ende?» Chencao griff nach der ausgestreckten Hand seines Vaters und sah, daß er eine einzige Mohnblüte in der Hand hielt. Er schüttelte den Kopf und sagte: «Das weiß ich nicht, Vater. Wie konnte ich ahnen, daß Jiang Tiangong hierherkommen würde?»

Am dritten Tag versammelte sich die Familie Liu am Dorfeingang und wartete auf Liu Suzis Heimkehr. Sie sahen die Mauserpistole in Chencaos Hand. Es hieß, Liu Laoxia habe zehn Zentner Reis für die Waffe gezahlt. Es war eine teure Waffe, aber wer eine Waffe hat, braucht die Banditen nicht zu fürchten.

An diesem dritten Tag trabte ein weißes Pferd aus den Hügeln herab. Liu Suzi lag wie eine schlafende Katze auf seinem Rücken. Ihr Gesicht war nicht zu sehen. Alles, was man sehen konnte, war ihr berühmter langer Zopf, der wie eine vertrocknete Weidenrute im Wind wehte. Die Menge sah, daß Liu Suzi statt ihres weißen Seidennachthemds eine Männerhose trug. Irgend jemand behauptete, es sei Jiang Longs Hose.

Als Liu Suzi nach ihrer Entführung nach Hause kam, saß sie drei Tage und drei Nächte in der großen Eisenwanne und badete und wusch sich. Sie badete und wusch sich drei Tage und drei Nächte lang. Die beiden Mägde, die das Feuer unter der Wanne schürten, meinten, die junge Frau sehe genau wie ihre tote Mutter aus. Ihre Augen waren so strahlend grün, daß es einen fröstelte, wenn man sie ansah.

«Chencao! Komm her! Komm mit!»

Sein Vater nahm Chencao an der Hand, und gemeinsam verließen sie das weitläufige Anwesen. Irgendwo in der Ferne, weit von Fengyang, erklang eine Glocke. Chencao erinnerte sich später, daß dies der siebzigste Geburtstag seines Vaters war, er selbst war zwanzig Jahre alt. Arm in Arm gingen sie zum Ahnentempel. Das leise Klingeln der Silberschlüssel vor ihm klang, als wäre es der Pulsschlag seines Vaters. Die Bauern von Fengyang erwachten aus dem Mittagsschlaf und verließen den Schatten ihrer strohgedeckten Hütten.

Wie Hühner starrten sie Vater und Sohn Liu an. Chencao hielt den Blick starr geradeaus gerichtet und schenkte den Pächtern rechts und links von ihm keine Beachtung. Ihre stumpfen schlammfarbenen Gesichter widerten ihn an. Warum stehen diese Leute das ganze Jahr lang wie ein Haufen Hühner herum und starren auf unsere Hände, wenn wir sie füttern? Warum summen sie um uns herum wie Schmeißfliegen und lassen sich nicht vertreiben? Mit gesenktem Kopf ging er die enge Dorfstraße entlang. Fengyang war ein langgezogenes Straßendorf, das einer dünnen schwarzen Narbe auf der Haut der Erde glich. Der Weg war nicht weit. Bald hatten sie ihr Ziel erreicht. Chencao kam es vor, als wäre er eine endlose Straße entlanggegangen. Plötzlich wurde das Sonnenlicht grau. Über seinem Kopf ragten die Dachtraufen des Ahnentempels mit ihren alten Ziegeln zum Himmel auf. Der Ahnentempel der Familie Liu thronte über dem Dorf wie ein zusammengerollter Drache oder ein zum Sprung gekauerter Tiger. Der modrige Geruch alter Gebäude breitete sich aus. Er blieb stehen und starrte mit gesenktem Blick auf seine Zehenspitzen.

«Komm, Chencao!»

Die Stimme seines Vaters zog ihn weiter voran. Jeder Lufthauch rief mit der Stimme seines Vaters nach ihm. Wie ein Geist glitt sein Vater in den Ahnentempel. Sein weißes Hemd warf helle Funken in die dunkle Luft. Auf dem Altar brannten acht rote Kerzen, und Weihrauchschwaden hingen in der Luft. Er sah zu, wie sein Vater vor den Ahnentafeln niederkniete. Sein Körper war ruhig und starr wie eine Steintafel. Das ist unser Ahnentempel. Hier sind unsere Ahnen verborgen. Sie haben uns das Leben geschenkt, und von der Unterwelt aus beherrschen sie unsere Gedanken. Die Arme eng um den Körper geschlungen, kniete Chencao neben seinem Vater nieder. Er hörte das krächzende Geräusch, mit dem sich Unheil nähert. Vor Furcht zitternd, fuhren seine Hände über den Boden rund um die Ahnentafeln. Der Boden war eiskalt. Dann streckte er die Hand aus und ergriff die Hand seines Vaters. Auch sie war eiskalt. Um die Silberschlüssel auf dem Altar schien eine geheimnisvolle Aura zu schweben. Die Schlüssel dufteten nach Pflanzen aller Art, nach Nutzpflanzen wie nach wilden Kräutern. Bald werde ich sie in Händen halten, dachte Chencao.

«Chencao, leg einen Eid vor unseren Ahnen ab!»

«Ich schwöre.»

«Du wirst das Land und den Besitz des Hauses Liu in Empfang nehmen. Mit diesen Schlüsseln wirst du die großen Tore des Landes öffnen. Mit diesen Schlüsseln wirst du die Lagerräume voll Gold und Silber öffnen. Schwöre, daß du zu deinen Lebzeiten den Besitz des Hauses Liu hüten und mehren wirst.»

«Ich schwöre.»

Bei diesen Worten fielen die Silberschlüssel wie eine Sternschnuppe in Chencaos Hände. Er staunte, wie schwer die Schlüssel waren. Er konnte sie kaum halten. Chencao, dachte er, wo sind deine Ahnen? Wer hat dir wirklich diesen Schlüsselbund aus weißem Silber gegeben? In der Dunkelheit, in der Chencao undeutlich eine Anzahl blaßgrüner Gesichter ausmachen konnte, die schwarze Hefeklöße kauten, durchdrangen sich die Geschichte seiner Familie und sein eigenes Leben in einem unentwirrbaren Knäuel. Er konnte seinen verrückten Onkel sehen, der im Knistern der Flammen verbrannte. Klar und zugleich verschwommen konnte er Yanyis blutüberströmtes Gesicht sehen, als läge es in einer Porzellanschale auf dem Altar der Ahnen.

«Mir ist kalt.»

Als sie den Ahnentempel verließen, zog Chencao wieder die Schultern zusammen. Eine leichte Brise begleitete sie auf ihrem Weg. Er hörte seinen Vater sagen: «Steh gerade!»

Aber mir ist doch kalt, dachte er. Sein Vater ging mit leerem Gesicht hinter ihm her. Ohne die Silberschlüssel wirkte er unerträglich alt.

Chencao sollte sich an diesen langen dunklen Mittag erinnern, an dem das Dorf Fengyang aus seiner Einsamkeit aufschreckte. Die Hunde fingen an zu bellen, und die Schweine und Ziegen rannten im Straßengraben umher. Die Bauern standen auf den Feldern und vor ihren Häusern und starrten ihn an. Er wußte nicht, auf was sie starrten. Dann hörte er, wie eine Frau, die ihre Ziegen hütete, ihn begrüßte: «Alter Herr!»

«Alter Herr», wiederholte Chencao leise. Er sah die Ziegenhirtin irritiert an. «Wen meinst du?»

An diesem Mittag standen die Großväter mit ihren Enkeln am Flußufer, und die Großväter warnten ihre Enkel: «Erwartet nicht, daß sich diese Familie ändert. Die Menschen sind wie Getreide: Wer es pflanzt, der erntet es, und sie ernten das, was sie gesät haben. Ihr kennt Chencao nicht. Erwartet nicht, daß bessere Zeiten vom Himmel fallen.»

Die Großväter sagten: «Laßt uns aufs Feld gehen, die Sonne steht schon hoch.»

Das war das Jahr 1948: die kurze Ära Liu Chencaos. Die Großväter werden diese Zeit nie vergessen. Sie erzählten: «Liu Chencao hat uns alle zu Tagelöhnern gemacht. Er hat die Knechte und Mägde aus dem Haus gejagt und die Reisfelder an Fremde, an Zuwanderer, verpachtet. Viele Männer aus dem Norden und dem Süden sind über den Fluß gekommen und haben zehn Morgen Land von Chencao gepachtet.»

Sie erzählten: «So sind die Fremden vom rechten Ufer ins Land gekommen.»

Sie erinnern sich an Liu Chencaos aschfahles Gesicht, als er das Land vergab. Er sagte: «Ich brauche nicht soviel Land, aber ihr braucht es. Wenn ihr es haben wollt, nehmt es. Ich verlange nur die Hälfte der Jahresernte, damit jeder zu seinem Recht kommt. Versteht ihr, was ich sage?»

Einige knieten vor ihm nieder und fragten: «Junger Herr, meinen Sie das ernst?»

Liu Chencao schrie sie an: «Steht auf! Ihr sollt nicht vor mir knien.»

Er sagte: «Ich hasse euch alle genauso, wie ich mich selbst hasse.»

Die Bauern von Fengyang haben die Ära Chencaos nie richtig verstanden. Die Meinungen der Großväter über Chencao sind unklar, widersprüchlich und verwirrend. Sie nennen ihn einen jungen Wohltäter, einen seltsamen Typ oder auch einen Menschen mit einem harten Gesicht und einem guten Herzen. Aber die Enkel fragten ihre Großväter: «Was hat Chencao euch denn gegeben? Er hat euch kein Land gegeben, sondern einen Fluch. Ihr wart gefesselt und konntet nicht fliehen. Er hat euer Blut und euren Schweiß getrunken. Schließlich seid ihr alt und erschöpft auf seinen Feldern gestorben. Ihr müßtet ihn hassen. Warum könnt ihr das Jahr 1948 bis heute nicht vergessen?»

In diesem Jahr kamen die Opiumhändler nicht.

Das Salzboot kam nicht. Am Flußufer standen die Leute und hielten Ausschau.

Nach der Ernte verdorrten die Mohnfelder. Die Gräben und Furchen sahen aus wie in die Erde eingegrabene Zebrastreifen. Die offenen Felder lagen trocken und leblos unter dem Wind, der aus allen Himmelsrichtungen wehte und wie mit tausend Riesenhänden an meinem Heimatdorf Fengyang rüttelte. Hättet ihr eure schwarzen Lehmhütten verlassen und wärt hinunter ans Ufer gegangen, hättet ihr an beiden Ufern die üblichen Farben des Herbstes gesehen, aber der Wind hätte euch mit tausend Riesenhänden geschüttelt. Der

Wind wollte euch in den Fluß werfen, damit ihr, dem Strom folgend, wie welke Blätter flußab treibt. In diesem Jahr waren die Herbststürme furchtbar und gewaltig.

Der Süden war seit langem befreit. Aber Fengyang wußte nichts davon.

Die Leute von Fengyang erinnern sich heute noch, daß es Chen Mao war, der als erster die Nachricht von der Befreiung über die Brücke von Maqiao trug.

Chen Mao, der ehemalige Vorarbeiter, den die Familie Liu verstoßen hatte, winkte mit einer gelben Schirmmütze. Schon von weitem konnte man den roten fünfzackigen Stern auf der Mütze im Sonnenlicht glänzen sehen. Das war ein konkretes Symbol der historischen Ereignisse, die im Jahre 1949 auf uns zukamen. Chen Mao ging in die Geschichte ein, als er barfuß über die Dorfstraße lief und sich auf den Weg zum Gehöft der Familie Liu machte. Auf seinem Weg rief er: «Kommt alle nach Maqiao. Kommt alle nach Maqiao. Die Kommunisten bringen die Revolution.»

Chen Mao setzte die gelbe Schirmmütze mit dem fünfzackigen roten Stern auf und stürmte ins Anwesen der Familie Liu. Dort angekommen, blieb er verwirrt ein paar Minuten im Hof stehen. Dann erkannte er Cui Huahua, die dabei war, die

Hühner zu füttern, und Liu Suzi, die eine Katze auf dem Schoß hielt und sich auf der Veranda sonnte. Die Gesichter der beiden Frauen zeigten keine Regung.

Cui Huahua rief ihm herrisch zu: «Du Idiot! Was soll das Geschrei? Komm und mach dich an die Arbeit!»

Chen Mao drehte seine Mütze zwischen den Fingern und lachte. «Ich komme nicht zurück. Ich folge der Kommunistischen Partei.»

Als Chen Mao den Hof verließ, hörte er noch unter dem Tor, wie Cui Huahua ihm hinterherrief: «Du Idiot! Komm zurück und mach dich an die Arbeit!»

Chen Mao schnitt ihr eine Fratze und antwortete: «Halt den Mund, du Schlampe! Ich werde nie wieder für dich oder irgendeinen von euch arbeiten.»

Der Wind heulte über die schwarze Erde, als Chen Mao die Blechtrompete vom Gürtel löste. Der Klang der Blechtrompete stieg zum Himmel auf, und mit Donnergrollen bahnten sich Lavaströme ihren Weg durch die zitternde Erde. Chen Mao lief wie ein Wilder weiter und fühlte sich wie eine goldene Fliege, die sich hoch in die Luft erhebt. Ein paar Bauern, die ihm auf seinem Weg begegneten, liefen ohne zu zögern hinter ihm her. Sie fragten: «Chen Ermao, was geht hier vor?»

«Lauft zur Brücke von Maqiao. Die Kommunisten bringen die Revolution.»

Chen Mao blies seine Trompete und lief weiter ins Dorf, und immer mehr Menschen schlossen sich ihm an. Sie sahen wie eine Herde Strauße aus, die ihn hungrig verfolgten. Sie liefen über die verdorrten Reisäcker und Mohnfelder am Ufer, bis sie schließlich zur Binsenlaube gelangten. Hier blieb die hungrige Herde plötzlich stehen.

Die Binsenlaube erhob sich wie ein Opferaltar vor ihnen in die Luft, und Weihrauchschwaden wehten um ihre Köpfe. Durch die Rauchschwaden machten sie zwei Männer in weißen Gewändern aus, die rote Weihrauchgefäße schwenkten. Irgend jemand sagte, heute sei der Tag des Doppelneunfestes, der Tag, an dem die Familie Liu wie seit Jahrhunderten die Opferriten für die Erdgottheit beging. Aber niemand wußte, warum man sich hier vor dem heiligen Feuer versammelt hatte.

Das Heer der Hungrigen verteilte sich über das Grundstück und starrte Vater und Sohn Liu mit aufmerksamer Miene an. Vater und Sohn ließen keine Regung erkennen, als sie die Binsenlaube in eisigem Schweigen verließen. Liu Laoxia war inzwischen sehr alt, aber noch immer konnte er wie ein riesiges Ungeheuer auf ihre schwachen kleinen Seelen herabblicken. Es war das erste Mal, daß sie Liu Laoxia in diesem Jahr, dem Jahr 1949, zu Gesicht bekamen. Liu Laoxia räusperte sich und spuckte aus. Dann hörten sie ein vertrautes Wort aus seinem Mund:

«Hunde! Was treibt ihr da?»

«Wir gehen zur Brücke von Maqiao. Die Kommunistische Partei bringt die Revolution.»

Chen Mao stellte sich auf die Zehenspitzen, um über die Menge hinwegzusehen.

«Hunde! Was hat er gesagt?» fragte Liu Laoxia seinen Sohn.

«Er hat ‹Revolution› gesagt», antwortete Chencao.

«Wir werden nie wieder unser Leben an euch verkaufen», sagte Chen Mao.

«Liu Sanwang, Liu Xizi, legt Chen Mao in Fesseln!» befahl Liu Laoxia.

Aber die Männer standen einfach unbeweglich mit offenem Mund da, eine hungrige Meute mit stumpfem, leerem Gesicht.

«Fesselt ihn! Ich gebe jedem von euch einen Sack Reis.»

«Einen Sack Reis? Kein Trick?»

«Nein, das ist kein Trick, ihr hungrigen Teufel.»

«Einen Sack Reis! Ich werde ihn fesseln.»

Die Meute der Hungrigen sprang auf und machte sich ans Werk. Chen Mao wollte davonlaufen, aber es war zu spät. Die Bauern schlossen einen Kreis um ihr Opfer und griffen von allen Seiten nach ihm.

«Einen Sack Reis», riefen sie, als sie ihn über ihre Köpfe hoben.

«Wir haben nichts, womit wir ihn fesseln können», rief jemand.

«Zieht ihm den Gürtel aus», antwortete ein anderer.

Und so hoben sie Chen Mao hoch und zogen ihm den Gürtel aus. Chen Mao versuchte, sich nicht anmerken zu lassen, wie peinlich ihm die Situation war. Bald hatten sie seine beiden Hände gefesselt.

«Laß mich in Frieden, Liu Laoxia!» schrie er wütend, aber niemand hörte auf ihn.

«Zieht Chen Ermao die Hose aus!»

Eine fröhliche Bande von Bauern schüttelte sich vor Lachen, als sie Chen Mao in die Binsenlaube trugen und vor die beiden Lius schleppten. Chencao trat einen Schritt zurück. Über den Köpfen der Menge schwangen Chen Maos Geschlechtsteile in der Luft auf und ab. Die schwarze Hose, die man ihm vom Leib gerissen hatte, segelte im Wind davon. Chencao wurde schlecht, und es juckte ihn am ganzen Körper. Der plötzliche Juckreiz ließ ihn die Arme eng um den Körper schlingen. Er wünschte, er wäre tot. Was ging hier vor sich? Als er sich vornüberbeugte, um auszuspukken, sah er zahllose unbeschuhte Füße, die das heilige Feuer austraten, und Räucherstäbchen, die zerbrochen auf dem Boden lagen. Chencao versuchte, ein Räucherstäbchen aufzuheben, aber er verbrannte sich die Hand und ließ es wieder fallen. Dann brüllte er mit verzerrtem Gesicht und angespannten Halsmuskeln: «Hört auf damit und verschwindet!»

Aber seine Stimme ging im fröhlichen Geschrei der Menge unter. Die Bauern fragten: «Grundbesitzer, was sollen wir mit Chen Mao machen?»

«Hängt ihn auf! Hängt ihn an den Dachbalken», befahl Chencaos Vater.

Chencao sah zu, wie die Menge Chen Maos Körper hoch über ihre Köpfe hob. Er sah zu, wie Chen Mao zum Dachbalken der Binsenlaube aufstieg. Sein Mund stand offen. Er sah aus wie ein toter Vogel, der unter dem Dachbalken schaukelte. Irgend jemand hängte ihm die Blechtrompete um den Hals, und nun schaukelte die Trompete zusammen mit ihrem Herrn im Wind. Chencao fand, daß Chen Mao ein komisches Schauspiel bot, aber er konnte nicht darüber lachen. Der Juckreiz wurde immer stärker. Er dachte: Es muß irgendeine Verbindung zwischen diesem Mann und mir geben. Jedesmal, wenn ich ihn sehe, überfällt mich dieser unerträgliche Juckreiz, und mein Kopf ist voll böser Vorahnung. Chencao zog den Revolver, hob ihn und zielte sorgfältig. Im Visier der Waffe sahen Chen Maos Geschlechtsteile hoch in der Luft noch größer und gewaltiger aus. Der Hund, dachte Chencao, er ist wirklich ein Hund. Er macht mich krank. Chencao fragte sich: Wie oft habe ich schon auf Chen Mao gezielt? Will ich ihn töten? Warum bin ich in seiner Gegenwart so entsetzlich schwach? Vielleicht, dachte er, weil ich Angst vor ihm habe. So geht es mir immer, wenn ich Angst habe. Chencao senkte die Hand mit dem Revolver. Er bemerkte, daß die Pächter mit aufgerissenen Augen auf seine Hand starrten. Er fuhr sich mit dem Pistolenlauf über die Stirn und sah, wie klein und blaß sein Bild sich im blankpolierten blauen Metall des Revolvers spiegelte. Ich kann niemanden töten außer dem schwachsinnigen Yanyi. Ich kann die Kugel genausogut für mich selbst aufheben.

«Laßt Chen Mao da hängen! Keiner rührt ihn an», befahl sein Vater.

Als Chencao seinem Vater auf dem Weg von der Binsenlaube hinab half, fühlte sich sein Rücken an, als krabbelten unzählige glühendheiße Insekten darüber. Plötzlich sah er sich um und bemerkte den roten Mohnblütenglanz, mit dem Chen Maos Blicke ihnen folgten. Sie starrten einander unverwandt an. Plötzlich öffnete Chen Mao den Mund, lachte laut und fing an, genau in ihre Richtung zu pissen. Chencao fiel auf, daß auch der Bogen, den Chen Maos Pisse beschrieb, dunkelrot war, und er fragte sich, ob dieser Mann ein Mensch oder ein Hund war. Noch einmal sah er das phantastische Bild eines Wesens mit Hundekörper und Menschengesicht, das vor ihm in der Luft hing.

An Händen und Füßen gefesselt, hing Chen Mao eine unvergeßliche Nacht lang nackt in der Binsenlaube. Im Lauf der Nacht gelang es ihm, die Blechtrompete an den Mund zu heben. Wir hörten ihr lautes klagendes Heulen, das sich von der Binsenlaube aus über ganz Fengyang verbreitete. Das war im Spätherbst 1949.

Am nächsten Tag kam Lu Fangs Einsatzbrigade aus der Stadt Maqiao und erreichte das Dorf

Fengyang. Das erste, was die Männer hörten, war ein langgezogenes stoßweises Heulen. Als sie das Flußufer erreichten, sahen sie einen nackten Mann am Dachbalken der Binsenlaube hängen, einen nackten Mann, der eine Blechtrompete blies. Es war ein einmaliger Anblick. Brigadeleiter Lu Fang hat mir erzählt: «Als wir Chen Mao vom Dachbalken holten, waren wir den Tränen nahe.»

Chen Maos Lippen waren geschwollen, und kleine schwarze Insekten krabbelten über seinen Körper. Lu Fang zog eine Hose aus seiner Tasche und wollte sie Chen Mao geben, aber Chen Mao nahm sie nicht an. Als erstes riß er einem der Männer gierig eine Handvoll Marschproviant aus der Hand. Noch im Kauen sagte er: «Erst will ich etwas essen, dann ziehe ich mir Hosen an.» Lu Fang hat mir auch erzählt, daß ihn Chen Maos Gesichtszüge sofort an seinen Schulkameraden Liu Chencao erinnerten. Chencao sah Chen Mao wirklich ähnlich, und alle fanden das seltsam.

Lu Fang sagte: «Als wir zum erstenmal dort ankamen, war Fengyang eine Brutstätte von Dämonen. Wir kamen uns vor wie in einem Labyrinth.»

Lu Fang hat die Aufgabe, vor der seine Einsatzbrigade im Jahr 1949 stand, mit dem Versuch verglichen, ein versunkenes Schiff vom Meeresboden zu heben. Man kann das Schiff da unten liegen sehen, aber man kann es nicht an die Oberfläche bringen. Es liegt da, als wäre es am Meeresgrund festgewachsen. Auch die Einwohner von Fengyang benahmen sich wie Fische, wie Seetang, wie verborgene Klippen, die ihn daran hinderten, tief genug hinabzutauchen. Rings um die Einsatzbrigade tobten tückische, unvorhersehbare und ständig wechselnde Wirbel. Niemand wußte, wie das Schiff zu heben war.

Lu Fang erinnerte sich an den alten Grundbesitzer, der im Herbst 1949, das Gesicht nach Süden gewandt und Ausschau haltend, in der Toreinfahrt saß. Tag für Tag wartete er darauf, daß die Opiumhändler kamen, daß das Salzboot kam, daß das Boot an der Landebrücke unten am Ufer festmachte.

«Wir sind befreit. Die Opiumhändler kommen nicht mehr», sagte Lu Fang.

Der alte Grundbesitzer schwieg. Lu Fang betrat das Anwesen der Familie Liu durch das Haupttor und sah, daß der Boden des großen Hofs von Bambuskörben jeglicher Größe bedeckt war. Die Körbe waren voll vom weißen und braunen Pulver der Mohnkapseln, die in der Sonne trockneten. Es war das erste Mal, daß er die Blüten dieser geheimnisvollen Pflanze zu Gesicht bekam. Der Geruch von Schlafmohn machte ihn nervös. Er legte die Hand ans Pistolenhalfter und ließ die Blicke über das weitläufige Anwesen schweifen. Es kam ihm vor, als hätte sich hier drinnen selbst das Licht der Sonne in etwas anderes, Fremdes verwandelt. Ein paar Leute standen in den düsteren Ecken des Hofs und reparierten irgendwelche landwirtschaftlichen Geräte oder stellten Schuhsohlen her. Ihre Gesichter waren stumpf und verständnislos. Lu Fang wußte, daß dies der aus Urzeiten überkommene und durch nichts veränderbare Gesichtsausdruck von Fengyang war.

Als er in den inneren Hof kam, sah Lu Feng die zwei Frauen der Familie Liu. Schwach fielen die Strahlen der Sonne auf das feste weiße Fleisch von Cui Huahuas Armen. Sie waren mit sechs Silber- und Goldarmbändern geschmückt, und Cui Huahua hielt sie vor der Brust gekreuzt. Ihr Busen war ungewöhnlich üppig und fest. Sie lehnte aus dem Fenster, nickte ihm lächelnd zu und sagte: «Komm herein, Brigadeleiter.»

Liu Suzi fütterte ihre Katze. Er wußte nicht, warum sie Männerkleider trug, aber ein Blick genügte, ihr wahres Geschlecht zu verraten. Lu Feng lächelte Liu Suzi unwillkürlich zu. Seine Hose rutschte, und als er sich bückte, um sie hochzuziehen, sah er, wie eine alte Porzellanschale aus ihren Händen fiel und am Boden zerbrach. Liu Suzi verschwand eilig im Ostflügel des Hauses. Unter der Tür blieb sie stehen und warf ihm über die Schulter einen ängstlichen Blick zu. Ihre Katzenaugen weiteten sich erschreckt und drohend. Nach all den Jahren kann Lu Fang ihre Augen immer noch nicht vergessen. «Sie sah wirklich aus wie eine Katze.»

Als Lu Fang an der verdunkelten Scheune vorbeikam, hörte er drinnen jemand husten. Durch einen Spalt im Vorhang sah er einen Mann, der stocksteif aufrecht auf einem großen irdenen Behälter saß. Er konnte sein Gesicht nicht deutlich ausmachen. Aber als er den Strahl seiner Taschenlampe ins Innere fallenließ, fiel das Licht auf ein Gesicht, das ihm bekannt vorkam. Der Mann wirkte verträumt und abwesend. Irgend etwas steckte in seinem Mund. «Wer da?» fragte der Mann.

Lu Fang schob die hölzernen Türflügel beiseite. So traf er einen alten Schulkameraden wieder, den er seit langem nicht gesehen hatte. Und so lernte er alle Mitglieder der Familie Liu kennen, die auf dem großen Anwesen lebten. Er sagte: «Letzten Endes konnte man alle grundbesitzenden Familien Chinas auf den ersten Blick durchschauen. Man brauchte sie nur anzusehen, um zu wissen, wie es um sie stand. In den meisten Fällen gelang es unseren Einsatzbrigaden mühelos, sie unter Kontrolle zu bringen.»

Chencao saß auf einem großen irdenen Vorratsbehälter in der Scheune. Genau da hatte früher auch der schwachsinnige Yanyi gesessen und seine Hefeklöße gegessen. Wenn ihr jemals Opium gegessen hättet, wüßtet ihr, was Chencao da tat. Liu Chencao aß Opium. Ihr werdet sagen, das paßt nicht zu Chencaos Charakter. Ihr werdet euch an den Schwindelanfall erinnern, der Chencao in den Schlafmohnfeldern überfiel, als er aus der Schule zurückkam. Aber jetzt saß er da auf einem Tontopf in der Scheune und aß Opium.

Er lauschte dem Klang des Regens, der über Fengyang niederging. Er lief durch den Regen. Unter endlosem Regen und Nebel führte eine lange Straße nach Norden. Im Norden, am Abhang der Sandhügel, stand ein hohes rotes Backsteingebäude. Er fühlte, daß er sich in eine Schnecke verwandelt hatte, die durch den Regen kroch. Er sah einen Tennisball vom Dach des roten Backsteingebäudes herabrollen. Der Ball fiel vom Dach, prallte auf dem regennassen Boden auf und rollte davon. Die Schnecke kroch auf den Tennisball zu. Als sie den Rasen erreichte, war der

Ball schon lange verschwunden. Er lauschte dem Klang des Regens, der über Fengyang niederging. Das Schneckenhaus lastete schwer auf seinem Rücken. Die Schnecke kroch in eine seichte Pfütze und wollte einschlafen, aber auf der Straße machte eine erregte Menschenmenge Jagd auf sie. Die Schnecke hörte den Donnerhall ihrer Schritte. Sie wollte sich verstecken, aber ihr Haus war zu schwer, und sie konnte es nicht bewegen. Sie sah, wie die Füße der Menge ihre seichte Pfütze zertrampelten. Sie sah wunderschöne Wassertropfen durch die Luft spritzen. Chencao hörte das gewaltige Echo des klaren, frischen Knirschens, mit dem das Schneckenhaus zertrampelt wurde.

Im Hof hatte jemand einen Bambuskorb umgestoßen. Chencao verließ die Scheune. Draußen empfing ihn der süße Duft von getrocknetem Opiumpulver. Er stand auf den Treppenstufen und preßte die Hände gegen seine Schläfen. Nach seinen Abenteuern im Regen war er todmüde und erschöpft. Sein Vater kehrte das Opiumpulver vom Boden auf und beschimpfte den ungeschickten Knecht. In diesem Augenblick leuchteten die Mohnblüten hell wie die Wintersonne. Chencao stand da und versuchte sich zu erinnern, wann und wie seine Abneigung gegen diese Blumen auf geheimnisvolle Weise in ihr Gegenteil umgeschlagen war. Dunkel erinnerte er sich an die lang vergangene Zeit, in der er sich vor diesen Blüten geekelt hatte. Aber wann hatte sich das alles verändert? Chencao wußte es nicht mehr. Er war entsetzlich müde. Der Kopf fiel ihm auf die Brust, und er mußte sich an die Wand lehnen. Aus halbgeschlossenen Augen sah er zu, wie sein Vater das Opiumpulver in dem Bambuskorb schwenkte.

«Du brauchst es nicht zu trocknen. Die Opiumhändler kommen nicht», sagte Chencao.

«Der Mohn wird verfaulen, und wir werden ein ganzes Jahr umsonst gearbeitet haben.»

Chencao leckte sich beim Sprechen unaufhörlich die Lippen. «Wir sollten es selbst essen, Vater. Es ist ein wunderbares Gefühl. Versuch es nur. Du wirst schon sehen.»

Chencao hörte sich selbst beim Sprechen zu und sah, wie sein Vater die Mohnblüten wegwarf und ihn mißtrauisch ansah.

«Chencao, hast du Opium gegessen?» schrie sein Vater plötzlich, packte ihn am Kragen und schüttelte ihn.

Chencao fühlte sich so leicht wie die Asche eines einzigen verbrannten Grashalms. Seine schwachen Lebensgeister waren erschöpft. «Vater, ich will schlafen», sagte er.

Aber sein Vater stemmte seine fest geschlossenen Lippen mit den Fingern auf und roch den leichten Duft von Opium in seinem Atem. «Chencao, hast du Opium gegessen?»

Sein Vater versetzte ihm einen harten Schlag ins Gesicht. Es tat überhaupt nicht weh. Er wollte immer noch nichts als schlafen und die Wiederkehr der Visionen abwarten, die er im Regen gehabt hatte. Er lehnte den Kopf an die Schulter seines Vaters und sagte: «Vater, ich habe den Tennisball gesehen. Der Tennisball ist vom Dach gerollt. Dann war er weg.»

Lu Fang erinnerte sich fünf Jahre später, daß Chencao nicht mehr auf die gleiche melancholische Art hübsch wirkte wie früher. Sein Rücken war krumm wie eine Garnele, und aus der Ferne sah er genauso alt und bleich aus wie sein Vater, der Grundbesitzer. Chencao bemühte sich, Lu Fang aus dem Weg zu gehen, aber Lu Fang konnte ihn immer im Dunkel der Scheune finden. Chencao umkreiste ein paarmal den großen Behälter und sprang dann hinein, legte sich hin, rollte sich zusammen wie eine Schlange und blieb reglos liegen. Das einzige Lebenszeichen, das er von sich gab, war sein ständiges Niesen. Chencao erkannte seinen Schulkameraden nicht mehr, und Lu Fang fragte sich, ob er unter Gedächtnisverlust litt. Aber es wollte ihm eher scheinen, als verstellte sich Chencao nur. Im ersten Augenblick wußte er nicht, was er sagen sollte. Er wollte ihr erstes Gespräch nicht steif und gehemmt oder banal und nichtssagend werden lassen. Er hatte lange und gründlich über ein Thema nachgedacht.

«Chencao, es ist Wochenende. Wollen wir Tennis spielen?»

«Und der Rasen? Wo ist der Rasen?»

«Wir können im Hof deiner Familie spielen.»

«Wir haben keinen Ball. Der Tennisball ist vom Dach gerollt, und dann war er weg.»

«Ich habe einen Ball dabei.»

«Ich habe das Tennisspielen verlernt.»

«Chencao, weißt du, wieviel Land deine Familie besitzt?»

«Nein, das weiß ich nicht. Aber ich glaube, alles Land in Fengyang gehört uns.»

«Weißt du, wie groß das Vermögen deiner Familie ist?»

«Nein, das weiß ich nicht.»

«Stell dich nicht dumm! Du hast die Silberschlüssel deiner Familie.»

«Ich weiß es wirklich nicht. Das gehört alles meinem Vater. Ich habe die Kisten noch nie geöffnet.»

«Chencao, hast du kapiert, warum ich hier bin?»

«Nein, das weiß ich nicht. Und ich will es auch nicht wissen. Was immer du vorhast, geh und tu es!»

«Wir wollen die Bodenreform durchführen. Wir wollen den Grundbesitz deiner Familie an die Armen verteilen.»

«Das ist mir egal. Aber mein Vater wird nicht einverstanden sein.»

Lu Fang sah zu, wie sich Chencao in seinem Vorratsbehälter aufrichtete. Seine Augen waren trübe und sein Blick unstet. Chencao hob den Kopf und sah zur Decke und dem Spinnrad auf, das dort hing. Dann mußte er niesen. Plötzlich hörte Lu Fang, wie Chencao leise seinen Namen rief. «Lu Fang, hilf mir hier raus.»

Er streckte die Hand aus und ergriff Chencaos kalte, feuchte Hand. Später erinnerte sich Lu Fang, wie ihre alte Freundschaft neu erwachte, als sie Arm in Arm dastanden. Mitten zwischen den dunklen Spinnwebschatten, die sich durch die Scheune zogen, sahen die beiden plötzlich zur gleichen Zeit eine große hellgrüne Rasenfläche, über der die Abendsonne ihr Licht in zahllosen goldenen Funken verstreute. Sie holten mit den Schlägern aus und trafen den Ball genau. Der Ball flog über den Tennisplatz und sprang auf dem Rasen auf.

Lu Fang sagte: «Chencao, wollen wir Tennis spielen?»

Einen Augenblick lang zog sich Chencaos ganzer Körper krampfartig zusammen. Seine Augen strahlten hell und feurig. Dann wurden sie wieder trüb und blicklos. Er hob die Hand und rieb sich die Augen. Sein Körper roch nach getrockneten Mohnblüten.

«Der Tennisball ist vom Dach gerollt, und dann war er weg», seufzte er.

Lu Fang schob seinen weichen, schlaffen Arm beiseite und sagte: «Wenn es so ist, ist er weg. Da kann ich auch nichts machen.»

Ich höre den lauten klaren Schall einer Blechtrompete im Morgengrauen über dem Dorf erklingen. Das war in den letzten Tagen des Jahres 1949, unmittelbar bevor der Sturm losbrach. Das Trompetensignal rief das Land und die Menschen, Geist und Willen der Unterdrückten von Fengyang. Es rief sie auf, sich mit dem Sturmwind zu erheben.

«Folgt mir, ihr meine Genossen auf dem Land! Folgt mir und laßt uns den reichen Großgrundbesitzer Liu Laoxia von seinem Thron stürzen!»

Ich sehe Chen Mao, der laut rufend durch Fengyang läuft. Eine alte Blechtrompete hängt an seinem Gürtel. (Später sollte diese Trompete in Fengyang zum Symbol der Revolution werden. Alle Mitglieder der Bauernvereinigung hatten eine Blechtrompete am Gürtel hängen.)

Lu Fang erinnerte sich: Chen Mao war der ländliche Revolutionär mit dem höchstentwickelten revolutionären Bewußtsein, den er seit der Aufnahme seiner Tätigkeit auf dem Lande getroffen hatte. «Sein Wille zur Selbstbefreiung war außerordentlich ausgeprägt. Er war wie ein Strohbündel: Man mußte nur einen Funken hineinwerfen, und er brach in Flammen aus. Er war ein ganz besonderer ländlicher Kader. Schade, daß er einen Fehler gemacht hat.»

Lu Fang sagte: «Die Lage der Bauernschaft im Süden glich einem toten Tümpel. Extreme Armut und bitteres Leid sind nicht genug, um den Willen zur Selbstbefreiung reifen zu lassen. Den Landarbeiter im Süden kümmerte es nicht einmal, daß man die Produkte seiner Arbeit enteignet hatte. Seine Gleichgültigkeit war tief verwurzelt. Die Pächter und Landarbeiter von Fengyang betrachteten sich selbst als landwirtschaftliche Geräte. Und der Eigentümer dieser Geräte war Grundbesitzer Liu Laoxia.»

Als Lu Fangs Einsatzbrigade die Bauern über ihre Armut und ihr Leid befragte, bekamen sie nichts zu hören als Lob für Liu Laoxias große Leistungen.

«In tausend Jahren», sagten die Landarbeiter und Kleinpächter, «hat Fengyang nur einen Liu Laoxia hervorgebracht. Er kann mit bloßen Händen Goldbarren schmieden.»

Lu Fang sagte: «Nur ein Typ von Landarbeiter konnte die Revolution gegen den reichen Großgrundbesitzer Liu Laoxia durchführen: Er durfte nichts Eigenes mehr besitzen. Seine Arbeitskraft und alle seine geistigen Fähigkeiten mußten vollständig enteignet sein. Chen Mao ist ein Beispiel für so einen Menschen. Er war das Musterbild eines vollkommenen Revolutionärs, und deshalb mußte ich ihm vertrauen.»

Natürlich wurde Chen Mao in diesem Jahr Vorsitzender der Bauernvereinigung von Fengyang. Die Einsatzbrigade stattete ihn mit einem 38er Karabiner aus. Als er mit der Blechtrompete am Gürtel und der Flinte über der Schulter stolz durch Fengyang marschierte, wurde Chen Mao für kurze Zeit zum Mann des Jahres. Wenn die Kinder ihn kommen sahen, versteckten sie sich hinter den Heuhaufen und sangen ihr neues ländliches Volkslied:

Chen Ermao ist ein Mann aus neuem Holz.
Nach Osten und Westen blickt er stolz.
Mit seiner Trompete und seinem Gewehr
Ist er hinter dem alten Grundherrn her.

Chen Mao marschierte vor das Hoftor der Familie Liu, blieb plötzlich stehen, nahm die Blechtrompete vom Gürtel und blies ein lang andauerndes Signal. Er wußte selbst nicht, warum er das tat. Vielleicht wollte er einfach die Grundbesitzerfamilie warnen: «Ich bin da! Jawohl, ich bin da!» Er öffnete das Tor mit einem Fußtritt und rief laut: «Ich bin da!» Im Hof herrschte Totenstille. Ein paar Hühner kratzten im Moos und suchten nach Körnern. In den Seitenflügeln waren alle Türen geschlossen. Chen Mao griff wieder zur Trompete und blies ein lautes Signal. Dann trat er nach einem Huhn, das eilig davonflog, und rief: «Seid ihr alle tot?»

Im Ostflügel öffnete sich ein Fenster. Chen Mao erblickte Liu Suzi, die verschlafen aus dem Fenster sah. Sie hatte schwarze Ringe unter den Augen, und ihr Gesicht war so weiß wie Papier. Auf ihrer schmalen Schulter saß eine neue Katze. Chen Mao sah, wie sich sein Gewehr in Liu Suzis starr aufgerissenen hellgrünen Pupillen spiegelte. Wieder war es ein Gewehr, vor dem sie zu Tode erschrak. Chen Mao sah sie an. Schon immer war ihm der Widerschein der Angst in ihrem kalten kalkweißen Gesicht aufgefallen.

«Du brauchst keine Angst zu haben.»

Chen Mao ging zum Fenster hinüber. Das Gewehr hielt er am Schulterriemen. «Ich bin nicht so einer wie dieser Bandit Jiang Long. Ich werde dir nichts tun.»

Liu Suzi blieb stumm und sprachlos. Nur die Katze maunzte vorsichtig. Chen Mao beugte sich vor, lehnte sich auf das Fensterbrett und sah sich die Frau aus der Nähe an. Sie hielt die Tür geschlossen und weigerte sich herauszukommen. Da, wo ihr schneeweißer Hals über dem Kragen des engen Kleides sichtbar war, konnte man deutlich die Spuren von Katzenkrallen erkennen. Der Kratzer glich einer Pflaumenblüte. Die Katze maunzte wieder. Liu Suzi schrak zusammen und schlug Chen Mao den Fensterladen ins Gesicht.

«Verschwinde auf der Stelle! Sieh mich nicht so an!»

Chen Mao rieb sich mit einer Hand das Gesicht und schob den Laden mit der anderen wieder auf.

«Mach das Fenster nicht zu! Ich bin nicht gekommen, um mit dir zu schlafen.»

«Eher würde ich mit einem Hund schlafen als mit dir.»

«Frauen sagen manchmal schreckliche Sachen, aber noch keine Frau hat es gewagt, so mit mir zu sprechen. Jiang Long ist schuld daran, daß du verrückt bist.»

«Was willst du hier? Cui Huahua ist nicht zu Hause, und außerdem ist es ja noch nicht dunkel. Was willst du also hier?»

«Ich will nicht zu der Schlampe. Ich will in Angelegenheiten der Revolution zu deinem Vater und deinem jüngeren Bruder.»

«Das ist mir egal. Ich habe nur keine Lust, mir einen Hund anzusehen. Mir wird schlecht bei deinem Anblick.»

«Eines Tages wirst du schon noch herausfinden, ob ich ein Mann bin oder ein Hund. Jetzt sag mir einfach, wo sie sind.»

«Sie sind zum großen Tempel in den Bergen gegangen, um Weihrauch zu verbrennen.»

«Weihrauch verbrennen?»

Chen Mao lachte und schob den Fensterladen mit dem Gewehrlauf einen Spaltbreit weiter auf. «Das Karma deiner Familie ist erschöpft, und niemand kann sie retten. Jetzt bin ich dein Bodhisattva, verstehst du?»

«Wenn du ein Bodhisattva bist, solltest du auf die Latrine gehen und deine Opfergaben einsammeln.»

«Du kleine Hure. Du weißt schon, was für Opfer du mir bringen kannst. Für mich bist du die beste Opfergabe.»

«Du bist ein Hund, ein schamloser Hund.»

Schließlich schaffte es Liu Suzi, Chen Mao das Fenster endgültig vor dem Kopf zuzuschlagen, und er blieb verwirrt draußen stehen. Er fragte sich, wie sie zu dem Pflaumenblütenkratzer am Hals gekommen war. Der Anblick des Kratzers wärmte ihn wie eine kleine Sonne. Ihm war heiß, er war unruhig, und er war lüstern.

«Du kleine Schlampe. Dich werde ich auch noch ficken.»

Schweiß lief über seine Stirn. Die kleine Sonne dieser Frau war tatsächlich unerträglich heiß. «Was ist los?» fragte sich Chen Mao. «Was habe ich mit dieser Familie zu schaffen?» Sie war ein Rätsel, das er nicht lösen konnte. Er konnte nichts tun als seine Blechtrompete blasen.

Chen Mao saß vor dem Tor und blies seine Trompete. Das Licht über dem verlassenen Hof nahm die Dämmerfarben des Abends an. Vom Schnurbaum fielen welke Blätter auf den moosüberwucherten Boden und bildeten faulende Haufen. In der Mühle hörte er ein Maultier schreien, seinen alten Arbeitsgefährten aus den Tagen, als er noch auf dem Hof arbeitete. Plötzlich wollte Chen Mao das Fell des alten Maultiers abreiben. Er stand auf und ging zur Mühle hinüber. Bis auf die Knochen abgemagert, hing das Maultier vor einem leeren Futtertrog. In dieser Familie war das arme alte Tier dem Hungertod geweiht. Chen Mao schüttete das ganze Futter, das in einer Ecke aufgestapelt war, in den Trog und sah zu, wie das Maultier es gierig hinunterschlang. Er bürstete das schmutzverkrustete Fell des Maultiers von oben bis unten ab. Undeutlich stieg die Erinnerung an sein Leben als Vorarbeiter vor seinem inneren Auge auf. Er merkte nicht, wie die Zeit verstrich. Plötzlich hörte er Schritte hinter seinem Rücken. Er drehte sich um und sah drei Mitglieder der Familie Liu im Hof stehen. Ihre Gesichter waren von Weihrauchschwaden verhüllt, und sie trugen Stauden von Schlafmohn in den Händen. Chen Mao griff zum Gewehr, spannte den Hahn, zog die Augen zu einem Schlitz zusammen und beobachtete die Familie des Grundbesitzers. Sie schienen mit ihren Mohnstauden in den Händen auf Reisen gehen zu wollen. Es war ein seltsamer Anblick.

«Was habt ihr mit dem Schlafmohn vor?»

«Wir wollen auf den Berg steigen und die Geister bitten, die Mohnfelder zu beschützen. Der

Berggeist hat gesagt, die Opiumhändler werden bald kommen.»

Das Gesicht des alten Grundbesitzers war ausdruckslos. Sein trauriger, lebloser Blick nahm keine Notiz von Chen Mao und seinem Gewehr. Chen Mao sah die Grundbesitzerfamilie im Gänsemarsch vor dem Visier seiner Flinte vorbeiziehen. Cui Huahua war die letzte. Plötzlich streckte sie die Hand aus, stieß den Lauf seines Gewehrs nach oben und griff ihm ohne das geringste Anzeichen von Furcht kräftig zwischen die Beine.

Ihre goldenen Armreife klingelten hell. Chen Mao sprang einen Schritt zurück. Aber er konnte ihrem Griff nicht mehr ausweichen. Seine Hoden taten teuflisch weh. Er nannte sie eine dreckige kleine Schlampe. Dann fiel ihm plötzlich der Auftrag wieder ein, mit dem ihn die Einsatzbrigade hierhergeschickt hatte. Er stellte sich ihnen in den Weg, hielt sie mit dem ausgestreckten Gewehrlauf auf und brüllte, so laut er konnte:

«Halt, stehengeblieben! Morgen findet eine Versammlung statt.»

Die Familie starrte Chen Mao mißtrauisch an. Er erwiderte ihren Blick.

«Was hast du gesagt?» Der alte Grundbesitzer schüttelte den Kopf. «Ich verstehe dich nicht.»

«Du verstehst mich nicht? Die Versammlung findet morgen statt», sagte Chen Mao. «Du verstehst doch wohl, was eine Versammlung ist.»

«Was für eine Versammlung?»

«Eine Kampf-und-Kritik-Versammlung, um dich und deine Großgrundbesitzerfamilie zu bekämpfen.»

«Wieso Kampf? Was heißt hier Kampf?»

«Wir werden dich zur Binsenlaube mitnehmen. Dann werden wir dich fesseln und dich bekämpfen. Genau so wie damals, als du mich hast fesseln lassen.»

«Was für ein Befehl kann es einem Hund wie dir erlauben, einen Menschen anzugreifen?»

«Der Befehl der Bauernvereinigung. Der Befehl der Einsatzbrigade. Genosse Lu Fang hat gesagt, Fengyang kann erst befreit werden, wenn wir dich bekämpft und überwunden haben.»

Chencao sah, wie dem alten Grundbesitzer die Mohnpflanze aus der Hand fiel. Er dachte: Der Himmel ist auch auf die Erde gefallen. Warum sollte ein Hund keinen Menschen angreifen können? Wenn es Geomantik und Seelenwanderung gibt, was gibt es, das man nicht ändern könnte? Chen Mao spuckte vor dem alten Grundbesitzer aus und ging. Er war so glücklich, daß er beschloß, in seine Blechtrompete zu stoßen. Er blies die

Trompete, als er das Anwesen der Familie Liu verließ. In seinen Ohren klang die Trompete wie ein furchteinflößender Donnerschlag. Ihr Klang verkündete den Untergang des hundertjährigen Ruhms der Familie Liu.

Niemand ahnte, warum drei Mitglieder der Familie Liu in die Hügel von Huoniu zogen. Chencao wußte, daß es sich um ein Geheimnis handelte, das er niemals preisgeben durfte. Sein Vater zog mit seiner Frau und seinem Sohn in die Berge, um den Banditen Jiang Long zu suchen. Chencao glaubte, sein Vater habe den Verstand verloren. Wie konnte die Familie Liu in die Berge ziehen, um nach dem Banditen Jiang Long zu suchen? Er fragte seinen Vater: «Was hast du vor?»

Sein Vater antwortete: «Ich will ihm und seinen Leuten Geld geben, damit sie aus den Bergen herabkommen.»

Chencao sagte: «Aber er war es, der meine ältere Schwester ruiniert hat. Es gibt nichts, wozu er nicht fähig wäre. Du kannst doch nicht als Bittsteller vor diese Leute treten.»

Sein Vater sagte: «Ich habe das Unrecht nicht vergessen, das er deiner Schwester angetan hat. Aber darum geht es nicht. So verkommen Jiang Long auch sein mag, er hat nie versucht, mir mein

Land zu stehlen. Niemand wird mir mein Land stehlen.»

Chencao stampfte ärgerlich mit dem Fuß auf. Er fragte seinen Vater: «Was soll Jiang Long denn für dich tun, wenn er mit seinen Männern aus den Bergen herabkommt?»

Er sah die dunkle blaue Flamme, die in den Augen seines Vaters aufleuchtete. Mit zusammengebissenen Zähnen flüsterte Liu Laoxia: «Sie töten. Lu Fang töten. Diesen Hund Chen Mao töten. Niemand wird mir mein Land stehlen.»

Als Chencao mit seinem Vater und seiner Mutter in die Berge hinaufstieg, erinnerte er sich an den Tag, an dem er aus der Kreisstadt zurückgekehrt war. Jiang Long und seine Männer waren über die Hügel von Huoniu galoppiert. Eine Stimme so alt wie die Jahresringe der Bäume hallte in den Bergen wider: «Liu Chencao, komm mit uns in die Berge!»

Chencao verstand das Ganze immer noch nicht. Wer ist auf die Idee gekommen, meinen Namen zu rufen? Wer hat gewollt, daß ich in die Berge gehe? War ich es vielleicht selbst? Chencao fühlte sich im geheimnisvollen Käfig seiner eigenen Gedanken gefangen. Er konnte ihm nicht entfliehen und war zu verwirrt, um einen Ausweg zu finden.

Sie folgten ihrem geheimen Führer auf der Suche nach den Spuren Jiang Longs. Irgendwo tief in den Hügeln von Huoniu stieg ihnen der Blutgeruch in die Nase, den die klare Bergluft mit sich führte. Sie näherten sich der Quelle des ständig stärker werdenden Gestanks. Auf der anderen Seite des Hügels sahen sie drei tote Pferde und mehrere Paare rote Hanfsandalen im Gras liegen. Die braunen Felsen und das welke Gras waren über und über mit purpurfarbenen Flecken von getrocknetem Blut übersät. Ihr Führer sagte, er habe in den Hügeln von Huoniu Gewehrschüsse gehört und nehme an, Jiang Long und seine Banditen seien auf dem Weg nach Süden.

Im hohen Gras entdeckte Chencao einen glänzenden runden Gegenstand. Er sah aus wie ein kleiner Ball. Als er sich bückte, um ihn aufzuheben, blieb er wie magnetisiert an seiner Handfläche kleben. Er hob die Hand vor die Augen, um den Gegenstand genauer anzusehen, und schrie plötzlich mit kreischender Stimme auf: «Ein Augapfel! Es ist ein Augapfel!» Er versuchte das Auge wegzuschleudern, aber es blieb an seiner Hand kleben und ließ sich nicht abschütteln. Er verstand nicht mehr, was in Teufels Namen hier vor sich ging. Warum hatte er einen menschlichen Augapfel aufgehoben?

Wie in einem Albtraum blieb Chencao stocksteif stehen. Der Augapfel klebte an seiner Hand. Als sein Vater und seine Mutter ihn erreichten, konnten sie seine zur Faust geballte Hand nicht öffnen. Chencao hielt sich genauso eisern an diesem menschlichen Augapfel fest, wie er sich früher an seinen Tennisball geklammert hatte. Er sah seinen Vater an, der entsetzt neben einem toten Pferd kniete. Der Bergwind weht in unsere Richtung. Der Bergwind wird uns über den Rand der Welt wehen, dachte Chencao. Er versank in tiefste Verzweiflung.

Dann hörte er, wie sein Vater mit dem toten Pferd sprach: «Er ist tot. Jetzt bleibt uns keine Hoffnung mehr.»

Für Chencao wurden die Hügel von Huoniu zu einem riesigen Käfig. In den einsamen und verlassenen Gipfeln der Berge spürt man die Leere, die dem Aufstieg folgt. Wir haben den Banditen Jiang Long gesucht, aber Jiang Long ist verschwunden. Sein Vater blickte suchend nach Süden. Chencao sollte das selbstzerstörerisch schmerzliche Lächeln im Gesicht seines Vaters nie vergessen. Sein Vater lächelte nie. Wenn sein Vater lächelte, hatte das Unheil sie schon erreicht. An diesem Tag kam es ihm vor, als gingen sie wie Schlafwandler durch die Hügel von Huoniu. Sein Vater hielt eine Mohnstaude in der Hand und suchte nach Jiang

Long! Vater ist wirklich verrückt geworden, dachte Chencao. Man kann das Geräusch in den Bergen hören, aber man kann den Menschen nicht sehen, der das Geräusch verursacht hat. Es ist nur eine Falle. Vollkommen erschöpft folgte Chencao seinem Vater und seiner Mutter. Später erinnerte er sich, daß er sich die ganze Zeit an diesen menschlichen Augapfel geklammert hatte. Er dachte: Vielleicht ist ja der Tennisball bis hier hinauf gerollt, und als er verschwunden ist, ist an seiner Stelle dieser Augapfel erschienen. Das ist auch nur eine Falle. Ich stecke in der Klemme und kann nicht hinaus. Ich muß mich an diesem menschlichen Augapfel festhalten.

Die Großväter von Fengyang erzählten ihren Enkeln: «Die Ahnenreihe fortsetzen ist etwas anderes als das Feld bearbeiten und die Ernte einbringen. Du kannst dich abrackern wie der Teufel und trotzdem keine gute Ernte einbringen. Denkt bloß an den alten Grundbesitzer Liu Laoxia und seine Familie. Er hat Blumen gepflanzt und Dornen geerntet, Melonen gepflanzt und Unkraut geerntet. Wer weiß warum? Das Blut einer Familie währt nicht ewig. Denkt bloß an die Familie des alten Grundbesitzers Liu. Als das gute Blut, das eine Generation an die andere weitergegeben hatte, Chencao erreichte, wurde es dünn und trübe. Und als es dünn und trübe wurde, ist es verkommen. So funktioniert die Vererbung nun einmal.»

Ich weiß, daß die Vorstellungen der Bauern von Fengyang einem primitiven anthropomorphen Weltbild entstammen. Aber von den Bauern von Fengyang dürft ihr keine differenziertere Erklärung für den historischen Wandel erwarten.

Brigadeleiter Lu Fang hat mir erzählt, als Großgrundbesitzer Liu Laoxia bei der Kampf-und-Kritik-Versammlung gefragt wurde, ob er etwas zu bereuen habe, hätten selbst seine Kameraden von der Arbeitsbrigade über seine Antwort lachen müssen. Liu Laoxia sagte: «Ich habe meine Ahnen verraten. Ich habe, verdammt noch mal, keinen anständigen Sohn produziert.»

Liu Laoxia fuhr fort: «Und außerdem werfe ich mir vor, daß ich zu mitleidig und zu nachgiebig war. Ich hätte diesen gottverdammten Hundesohn schon lange umbringen sollen.»

Lu Fang verstand sofort, daß Liu Laoxia mit «diesem gottverdammten Hundesohn» den Vorsitzenden der Bauernvereinigung Chen Mao meinte.

Im Frühjahr 1950 nahmen dreitausend Einwohner von Fengyang an einer Kampf-und-Kritik-Versammlung gegen den Großgrundbesitzer Liu Laoxia teil. Die Erinnerung an diese Versammlung ist heute noch frisch. Liu Laoxia stand mitten in der Binsenlaube, und seine früheren Pächter und Knechte und ihre Familien saßen rings um ihn in den Schlafmohnfeldern. Lu Fang sagte, es habe eine Stimmung geherrscht wie in Maqiao am Markttag. Kinder plärrten, Erwachsene redeten durcheinander. Viele unter den Bauern kauten heimlich Mohnblätter. Die ganze Gegend roch so stark nach Opium, daß die Einsatzbrigade es kaum aushalten konnte. Lu Fang sagte, die Leute von Fengyang seien von Natur so undiszipliniert, daß niemand etwas dagegen ausrichten könne. Erst als er dem Vorsitzenden der Bauernvereinigung Chen Mao den Befehl gegeben habe, drei Schüsse in die Luft abzugeben, sei rings um die Binsenlaube endlich Ruhe eingekehrt.

«Liu Laoxia, senke den Kopf!» befahl Lu Fang.

Der alte Grundbesitzer weigerte sich, den Kopf zu senken. Er hob das Gesicht und fixierte das einfache Volk, das sich rund um ihn scharte. Sein Gesichtsausdruck war verstockt und störrisch, und in seinen Adleraugen brannte ein stolzes Licht, als er die Leute von Fengyang mit furchterregendem Blick musterte. Man sah, daß Liu

Laoxia nicht weinte. Im Gegenteil, er schien zu lächeln.

«Liu Laoxia, hör auf zu lachen», sagte Brigadeleiter Lu Fang.

«Ich lache nicht. Wenn mir zum Weinen zumute ist, sieht es aus, als ob ich lächle.»

«Schon gut. Senke den Kopf!»

«Du wirst mein Land sowieso an die Pächter und Knechte verteilen. Warum sollte ich auch noch den Kopf senken?»

Lu Fang gab Chen Mao einen Wink, er solle Liu Laoxias Kopf nach unten drücken. Aber Chen Mao verstand ihn falsch. Er stürzte sich auf den Grundbesitzer und schlug ihm den Gewehrkolben über den Kopf. Man hörte ein dumpfes Geräusch. Liu Laoxia schwankte ein wenig, dann stand er wieder gerade da. Die Augen des alten Grundbesitzers leuchteten vor Haß, als er leise ein einziges Wort ausspuckte:

«Hund!»

Lu Fang hat mir erzählt, daß daraufhin die Versammlung völlig außer Kontrolle geriet. All die Bauern von Fengyang standen auf. Er sah, wie Cui Huahua mit klirrenden Goldarmbändern aus der Menge hervorstürzte. Weinend stellte sie sich neben den alten Grundbesitzer. Sie hatte sich von einem der Männer ein Bündel Mohnblätter geben lassen, mit denen sie die Wunde des alten Grundbesitzers stillte. Der aber stieß sie beiseite und schrie: «Das geht dich nichts an. Hau ab und geh nach Hause!»

Dann stürzte sich Cui Huahua auf Chen Mao und versuchte, ihm seine Flinte abzunehmen. Dabei beschimpfte sie ihn unablässig. «Wie kannst du es wagen, deinen Herrn zu schlagen? Du verfluchter, ewig geiler Hundepimmel! Du gottverdammter, immer steifer Hundepimmel!»

Die Einwohner von Fengyang fingen an zu lachen und sich mit lauten Rufen einzumischen. Lu Fang schrie Chen Mao an: «Schaff sie da weg!»

Aber Chen Mao war voll damit beschäftigt, Cui Huahuas gezielten Hieben auszuweichen. Lu Fang hörte, wie die Leute unten in den Feldern riefen: «Chen Ermao, Cui Huahua, warum treibt ihr es nicht miteinander? Wir wollen zusehen …»

Den Rest konnte er nicht verstehen, aber es langte ihm auch so. Er brüllte: «Du sollst nicht mit ihr rummachen, sondern sie da wegschaffen.»

Chen Maos Gesicht wurde vor Wut abwechselnd weiß und rot. Er nannte Cui Huahua eine stinkende Schlampe und trat ihr zwischen die

Brüste. Dann schrie auch er sie an: «Das geht dich nichts an. Hau ab und geh nach Hause!»

Das hat mir Brigadeleiter Lu Fang über den Verlauf der Kampf-und-Kritik-Versammlung gegen Liu Laoxia erzählt. Er hat gesagt: «Es war eine so blödsinnige Farce, daß ich das Lachen nicht unterdrücken konnte.»

Auch das Wetter spielte an diesem Tag verrückt. Morgens schien die Sonne, aber gegen Mittag verdunkelte sie sich plötzlich, und die Bauern sahen ängstlich zum Himmel auf. Gerade als Lu Fang einen Stapel mit Liu Laoxias Grundurkunden und Rechnungsbüchern anzünden wollte, kam plötzlich Wind auf. Der Wind wehte von den Hügeln von Huoniu herab und blies Lu Fangs Feuerzeug aus. Unversehens schleuderte der Wind all die Urkunden und Bücher hoch über die Köpfe der Menge weg. Zuerst hielten die dreitausend Einwohner von Fengyang nur den Atem an und sahen zu, wie die Grundurkunden wie Schmetterlinge mit warmem, rauschendem Flügelschlag durch die Luft flatterten. Dann schrie jemand in der Menge aus vollem Hals: «Fangt sie auf!»

Die Menge war nicht mehr zu bändigen. Dreitausend Einwohner von Fengyang schoben einander beiseite, drängelten sich um den besten Platz und streckten die schmutzigen Hände in die Höhe, um die Grundurkunden einzufangen.

Die Mitglieder von Lu Fangs Einsatzbrigade riefen, so laut sie konnten: «Hört auf, Leute! Die Urkunden sind wertlos.»

Aber niemand hörte auf sie. Lu Fang hat mir erzählt, daß ihm nichts anderes übrigblieb, als noch einmal drei Schüsse in die Luft abgeben zu lassen. Er sagte: «Den Bauern von Fengyang imponiert nichts außer Gewehrschüssen.»

Nachdem drei Schüsse abgefeuert worden waren, beruhigte sich die Menge. Aber bis dahin hatten sie bereits alle Grundurkunden in ihre Hemdtaschen gestopft. Mit befriedigter Miene klammerten sie sich an die Urkunden, als hätten sie bereits das Land selbst besetzt.

«Was hätte ich ihnen schon sagen können?» fragte Lu Fang. Er hat mir erzählt, daß er sie schließlich einfach mit den Grundurkunden in der Tasche nach Hause gehen ließ.

«Chencao! Komm her!»

Sein Vater hatte ihn gerufen. Chencao stand neben seinem Bett und starrte gebannt auf eine zum Himmel gereckte Hand, die nach der gleichen Fäulnis stank wie die Mohnstauden draußen auf den Feldern im Regen.

«Dein Vater ist krank.»

«Ich weiß.»

«Zum erstenmal in seinem Leben ist dein Vater krank.»

«Ich weiß.»

«Dein Vater weiß nicht mehr weiter. Deshalb ist er krank geworden.»

«Was?»

«Du hörst nie zu, wenn ich mit dir rede. Ich hätte dich gleich nach deiner Geburt in der Jauchegrube ertränken sollen.»

«Das ist mir egal. Ich habe mir nie ein langes Leben gewünscht.»

«Ich hätte dich damals dem Banditen Jiang Long mitgeben sollen. Ein Bandit ist immer noch etwas Besseres als ein Hund. Jetzt sind wir die Hunde.»

Chencao sah, daß sich sein Vater immer noch an die Mohnstaude in seiner Hand klammerte. Er sagte: «Du kannst sie loslassen. Die Opiumhändler kommen nicht mehr.»

Sein Vater nickte, ließ die Hand sinken und kratzte an Chencaos Hüfte. Chencao fragte: «Was suchst du, Vater?»

«Die Pistole. Die Pistole, die ich dir gegeben habe.»

«Hier ist sie.»

«Laß mich hören, wie du sie abfeuerst.»

«Ich habe nur noch zwei Kugeln. Wenn ich sie abfeuere, haben wir keine mehr.»

«Dann heb sie besser auf. Du wirst sie unterwegs brauchen.»

Chencao ging um das Bett herum. Seine Mutter hatte seine Sachen schon gepackt. Sie lagen als großes Bündel auf dem Boden. Seine Mutter saß auf dem rotlackierten Nachttopf und weinte. Sie saß immer auf dem Nachttopf, wenn sie weinen mußte. Chencao war hungrig. Er drehte sich um und hielt Ausschau nach dem schwarzen Tongefäß, in dem die Vorräte aufbewahrt wurden. Der hölzerne Deckel war seit langem nicht mehr geöffnet worden und war von einer dicken Staubschicht bedeckt. Er steckte die Hand hinein, aber das Gefäß war leer. Das einzige, was er fand, war ein steinharter alter Hefekloß. Auf einer Seite war der Kloß angebissen. Die halbmondförmigen Bißspuren hatten sich schwarz verfärbt.

Gerade als Chencao in den Hefekloß beißen wollte, hörte er den Schrei seiner Mutter: «Iß das nicht! Das hat Yanyi gehört.»

Er betrachtete den uralten vertrockneten Hefekloß und sah Yanyis blutüberströmtes Gesicht vor sich. Trotzdem konnte er den Kloß nicht weglegen. «Ich habe Hunger.»

Als er in den Hefekloß biß, wurde ihm schlecht. Sein Magen fühlte sich schlimmer an, als wenn er einen bitteren Kräutertrank eingenommen hätte. Würgend rannte er zur Tür hinaus und hörte, wie sein Vater wütend auf das Bett eintrommelte und hinter ihm herrief: «Iß das nicht! Verschwinde! Verschwinde endlich!»

In der Nacht, in der Chencao sich auf die Flucht machte, regnete es. Nicht einmal die Hunde bellten. Das Plätschern des Regens übertönte Chencaos unsicher stolpernde Schritte. Am nächsten Morgen konnte man vor dem Tor zum Anwesen der Familie Liu wirre Fußspuren sehen. Sie glichen einer Bienenwabe. Als die Bauern von Fengyang ihre Reisfelder bewässern gingen, machten sie einen Umweg um die Fußspuren und sagten: «Er ist weggelaufen. Der Grundbesitzer ist weggelaufen.»

«Im nachhinein gesehen, hätten wir ihn damals einfach weglaufen lassen sollen», sagte Lu Fang. «Wir hätten es nicht nötig gehabt, hinter einem halbtoten Tier herzujagen. Aber damals, im Jahr 1950, hatte mich die Begeisterung gepackt, und ich konnte mich einfach nicht zurückhalten. Ich habe Chen Mao und die Männer der Einsatzbrigade zusammengetrommelt und Chencaos Spuren bis in die Hügel von Huoniu verfolgt. Wir haben zugesehen, wie er sich langsam und gemächlich den Hang hinaufschleppte. Er hat sich wirklich Zeit gelassen. Es sah überhaupt nicht aus, als wäre er auf der Flucht. Mit den fünf oder sechs schweren Säcken auf dem Rücken, die er mit sich schleppte, sah er aus wie ein alter Krieger, der mit der Lanze in der Hand auf dem Weg zu einem fernen Schlachtfeld ist. Er hörte den Hufschlag unserer Pferde, drehte sich um, blieb starr wie eine Holzpuppe stehen und starrte mich an. Chen Mao wollte den Hang hinaufreiten und ihm den Weg abschneiden, aber ich habe ihn zurückgehalten. Ich sah Chencao vor dem Abgrund stehen und hatte Angst, er würde springen. Ich rief ihm zu: ‹Versuch nicht zu fliehen! Egal, wohin du gehst, du kannst mir nicht entkommen.› Er blieb einfach reglos wie eine Holzpuppe stehen. Dann legte er seine Säcke einen nach dem anderen ab und warf sie in den Abgrund. Ich hörte das Geräusch von Metall, das auf den Felsen aufschlug, und mir wurde klar, daß er die Gold- und Silberschätze der Familie Liu in die Schlucht warf. Als nur noch ein großer Sack übrig war, setzte sich Chencao darauf, blieb direkt am Abgrund sitzen und wartete, bis wir ihn eingeholt hatten. Ich versetzte dem Sack einen Fußtritt und spürte, wie weich er war. Dann sah ich ein weißes Pulver, das aus einem Riß in dem Sack strömte. Es roch seltsam berauschend.

‹Was ist das?› fragte ich Chencao.

‹Opium.›

‹Wer hat dir befohlen wegzulaufen?› fragte ich. Ich sah den Ausdruck der Verzweiflung in seinem Gesicht, als er sich an mein Bein klammerte und langsam zu Boden sank.

‹Mein Vater›, gestand er.

‹Wohin wolltest du?›

‹Ich wollte Jiang Long suchen.›

‹Wolltest du unter die Banditen gehen?›

‹Ich weiß es nicht. Ich weiß es wirklich nicht.› Als wir ihn gefangennahmen, sah er so mitleiderregend aus wie ein Blatt im Sturm», sagte Lu Fang. «Ich habe nicht geahnt, daß er eine Pistole in der Tasche hatte.»

Wenn Eingeweihte über die Familiengeschichte des Hauses Liu sprachen, legten sie großen Nachdruck auf die Blutsverwandtschaft zwischen Chencao und dem ehemaligen Vorarbeiter Chen Mao. Sie nannten Chencaos Geburt einen Meilenstein in der Geschichte der Grundbesitzerfamilie, einen Wendepunkt des Schicksals, an dem Niedergang und Zerstörung der Familie Liu begannen. Sie sagten, in einem einzigen Wassertropfen könne man das Meer erkennen. Sie sagten, von Chencaos Geburt an seien Liu Laoxia Krankheit und Tod vorherbestimmt gewesen. Sie untermauerten ihre Behauptung mit den dialektischen Zusammenhängen zwischen einer großen Anzahl von schicksalsbestimmenden Faktoren, die ich hier nicht im einzelnen wiedergeben kann. Ich kann nur den Ablauf der Ereignisse in der Geschichte der Familie Liu wahrheitsgemäß und realistisch beschreiben.

Ich weiß, daß ihr euch immer noch für den ehemaligen Vorarbeiter und späteren Vorsitzenden der Bauernvereinigung Chen Mao interessiert. Chen Mao war unbestreitbar ein ungewöhnlicher Charakter. Seine Ankunft wie sein Abschied bestimmten mit unausweichlicher Notwendigkeit den Bezugsrahmen, der das Schicksal einer Grundbesitzerfamilie bestimmte. Wie Lu Fang sagte, konnte die revolutionäre Bodenreform in Fengyang nur dank seiner Anwesenheit durchgeführt werden. Noch heute erinnert sich Lu Fang nicht ohne Zuneigung an den Vorsitzenden der Bauernvereinigung Chen Mao mit seiner Blechtrompete am Gürtel und seiner Flinte über der Schulter. Ich habe ihn gefragt, was später aus Chen Mao geworden ist. Lu Fangs Gesicht verzog sich schmerzlich, als wollte er nicht darüber reden. Dann flüsterte er, als spräche er von einem tiefen Geheimnis: «Du kannst das Leben eines Menschen ändern, aber nicht sein Blut.

Es gibt Männer», fuhr er fort, «denen es vorherbestimmt ist, um einer Frau willen zu sterben. So einem Mann kannst du nicht helfen.»

Auch was sein Sexualleben anging, war 1950 ein aufregendes Jahr für Chen Mao. In diesem Jahr befreite er sich von dem, was er jahrelang für Cui Huahua empfunden hatte, von jenen vagen und ambivalenten Gefühlen, die ihn wie in einem Spinnennetz gefangengehalten hatten. Die Dorfbewohner, die der Klang seiner Blechtrompete mitgerissen hatte, hofften, nun würde auch sein Leben in normaleren Bahnen verlaufen. Man konnte zusehen, wie sich sein attraktives lüsternes Gesicht veränderte. Er sah jünger aus als je zuvor. Sein ganzer Körper strahlte den neuen Reiz eines jungen Mannes aus. Eine Frau nach der anderen bot ihm die Ehe an, aber Chen Mao lächelte nur und sagte nichts. Wenn ihn die Frauen neckisch fragten: «Chen Ermao, hat dich die Alte des Grundbesitzers zu Tode gevögelt?», schulterte er sein Gewehr und brüllte sie an: «Haut ab! Mein Schwanz geht euch nichts an. Ich weiß schon, wen ich will.»

Ihr könnt euch denken, wen Chen Mao wollte.

Um Mitternacht schlich sich Chen Mao ins Anwesen der Familie Liu. In dieser Nacht schien der Mond hell und klar. Chen Mao war ganz ruhig. Die Fieberträume des Frühlings wehten nahezu unmerklich durch die Nachtluft. Mit geschultertem Gewehr stand er vor Liu Suzis Fenster. Als er sich umwandte, sah er seinen langen Schatten auf dem moosbedeckten Boden liegen. Mit gemischten Gefühlen erinnerte er sich an die vielen Nächte, in denen er genau so vor Cui Huahuas Fenster geschlichen war. Er war weder aufgeregt noch nervös. Eher hatte er das Gefühl, er sei im Begriff, sich einen langgehegten Wunsch zu erfüllen. Er sah Liu Suzis Katze auf dem Fensterbrett liegen. Ihre türkisfarbenen Augen leuchteten im Mondschein. «Scheißkatze», murmelte Chen Mao und bohrte ihr das Bajonett genau ins Auge. Die Katze stöhnte, und dunkelrotes Blut sprang aus ihrem Augapfel. Dann benützte Chen Mao das Bajonett, um leise den Fensterladen aufzustoßen, und sprang in das Zimmer im Ostflügel. Er sah Liu Suzi, die, auf einer Bambusmatte ausgestreckt, fest schlief. Er wußte, daß diese Frau ihren Schlaf liebte. Liu Suzis nackter Oberkörper sah unter der Baumwolldecke hervor. Es war das erste Mal, daß er Liu Suzis runde volle Brüste zu Gesicht bekam. Er dachte: Die Frauen der Familie

Liu bekommen offenbar genug zu essen. Sonst könnten sie nicht so prachtvolle Titten haben. Chen Mao zog sein Halstuch aus und legte es der Frau über die Augen. Dann hob er sie von ihrem Bett. Das weiche Fleisch fühlte sich kühl und frisch an wie zarte junge Bambusblätter. Er verstand nicht, warum sie immer noch nicht aufwachte. Vielleicht träumte sie. Als er sie in den Hof hinaustrug, hörte er die Katze noch einmal stöhnen. Seine Hände zitterten ein wenig. Er hatte nicht gedacht, daß eine tote Katze stöhnen konnte. Schließlich wachte die Frau, die er entführte, auf und versuchte, sich aus seinem Griff zu befreien. Ihre halbgeöffneten Augen leuchteten grün vor Schreck.

«Jiang Long! Es ist der Bandit Jiang Long!»

Chen Mao hielt die Frau fest und rannte zum Tor. Er sah, wie in Cui Huahuas Fenster das Licht anging. Dann kam Cui Huahua heraus und rannte hinter ihm her. Er lehnte sich gegen den Türpfosten und rief ihr über die Schulter zu: «Was willst du von mir, du Schlampe?»

Cui Huahua griff statt einer Antwort nach dem Gewehrlauf, doch er wich ihr aus und rannte weiter. Er hörte, wie sie über etwas stolperte. Dann hörte er sie schreien: «Du Hund! Laß sie los, du Hund!»

«Wenn du nicht still bist, bringe ich dich um», sagte Chen Mao und hob Liu Suzi wieder auf.

Den eiskalten Körper der Frau im Arm, rannte er hinaus aufs freie Feld. Der Mond schien hell und klar, aber der Nachtwind, der ihm um die Ohren pfiff, war feucht und glückverheißend. Er spürte, wie der Körper der Frau in seinen Armen kälter und kälter wurde. Er konnte die Kälte nicht mehr ertragen. Er mußte sein Fleisch in diesen eiskalten Körper versenken. Chen Mao rannte wie der Wind, und im Rennen hörte er den Windhauch, der an ihm vorbeistrich, als fliege er durch die Luft. Er wußte, daß es kein Traum war, und dennoch war das Gefühl, er fliege, stärker als alles, was er je im Traum erlebt hatte. Er rannte auf die Binsenlaube zu. Sie erhob sich vor ihm im Mondschein wie ein heiliger Tempel, der ihn einlud, ihn aufforderte einzutreten. Er mußte in diesen Tempel hineinfliegen.

«Laß mich los, du Hund! Du darfst mich nicht anfassen!» schrie die Frau in seinen Armen.

«Ich muß dich anfassen», knurrte Chen Mao mit zusammengebissenen Zähnen. «Irgendwann muß ich dich einfach ficken!»

«Wer bist du?»

Die Frau öffnete die Augen weit, aber sie konnte sich einfach nicht entsinnen, wer er war.

«Chen Mao.»

Chen Mao dachte kurz nach und sagte dann: «Ich bin nicht Jiang Long. Jiang Long war vor mir dran.»

Er legte Liu Suzi in der Binsenlaube auf den Boden. Als er aufblickte, flog über ihm ein Paar Nachtvögel von dem spitzen Strohdach herab. Es war ein Ort wie geschaffen für die Liebe. Chen Mao lachte leise in sich hinein, als er sich über den Körper der Frau warf. Ihr kalter milchweißer Leib leuchtete im kühlen Mondschein. Er schloß die Augen, und seine Hände glitten wie Schlangen über ihr kaltes rundes Fleisch, bis sie über ihren festen Brüsten zur Ruhe kamen. Er fühlte, daß die Frau schlaff und reglos dalag. Nur sein Körper zitterte unkontrolliert wie bei einem Fieberanfall. Er schnappte nach Luft und verspürte eine Schwäche, wie er sie noch nie im Leben erfahren hatte.

«Irgendwann mußte ich dich einfach ficken!»

Er verbiß sich in die Brustwarzen der Frau und hörte, wie die Blechtrompete mit lautem Klappern zu Boden fiel.

Lu Fang hat mir erzählt, er habe immer das Gefühl gehabt, zwischen Chen Mao und der Familie des Großgrundbesitzers Liu bestehe eine geheimnisvolle Verbindung. Aber es sei ihm nicht gelungen, das komplizierte Beziehungsgeflecht zu entwirren. Er fragte Chen Mao, aber Chen Mao wußte es selber nicht. Er wußte nur, daß er den Grundbesitzer und seine ganze verdammte Familie haßte.

Chen Mao sagte: «Entweder bin ich ein Hund, oder sie sind Hunde. Das ist alles. Das ist alles, was sie und mich verbindet.»

Lu Fang wußte nicht, daß Chen Mao Liu Suzi vergewaltigt hatte, bis eines Tages Cui Huahua aus dem Eingangstor des Familienanwesens stürzte, ihn beim Ärmel packte und Chen Mao anklagte. Sie sagte, Liu Suzi sei schwanger und der Bastard stamme von Chen Mao.

Lu Fang sagte: «Beleidige unsere Kader nicht.»

Aber Cui Huahua schwor beim Himmel. «Brigadeleiter, du solltest Chen Mao nicht glauben. Er ist ein schmutziger, bösartiger Hund. Er hat jede einzelne Frau in Fengyang gevögelt, und jetzt hat er auch noch Liu Suzi geschwängert. Sieh dir doch Liu Suzis Bauch an! Das ist sein kleiner Bastard.»

Lu Fang befragte Chen Mao, und Chen Mao gab den Vorfall offen zu.

«Richtig! Ich habe Liu Suzi gefickt.»

Er fragte Lu Fang: «Heißt Revolution, daß ich Liu Suzi nicht ficken darf?»

Darauf wußte Lu Fang keine Antwort. Er dachte lange darüber nach und beschloß schließlich, Chen Mao als Vorsitzenden der Bauernvereinigung abzusetzen und ihm seine Flinte abzunehmen.

Chen Mao lief vor Wut rot an. Er klammerte sich an sein Gewehr und schrie: «Warum darf ich sie nicht ficken? Ich hasse sie alle, und ich führe den revolutionären Kampf gegen sie.»

Lu Fang sagte, es habe ihm leid getan, aber das Ganze sei völlig außer Kontrolle geraten. Er wußte, daß die Männer der Einsatzbrigade Chen Mao vom Dachbalken der Binsenlaube herunterholen konnten, aber er wußte auch, daß sie ihn nicht daran hindern konnten, sich genauso zu benehmen wie die meisten Männer in Fengyang. Lu Fang machte sich auf die Suche nach einem geeigneteren Vorsitzenden für die Bauernvereinigung von Fengyang.

An diesem Morgen regnete es. Vielleicht regnete es auch nicht, und es war nur der Wind, der in den Bäumen weinte. Chencao erinnerte sich, daß er sich in seine Träume von plätscherndem Regen zurückgezogen hatte. Er sah sich selbst in eine Hummel verwandelt, die sich unter den Mohnstauden verbarg und Nektar aus den Blüten saugte. Sein Mund war voll von Wohlgeruch, und sein Schlaf war wie immer leicht und unruhig. Beim ersten Hahnenschrei hörte er Schritte, die sich ihm durch den Regen näherten. Er hörte, wie jemand mit einem harten Gegenstand an den Fensterladen klopfte, und sah einen kalten weißen Schatten hinter dem Fensterpapier.

«Wer da?»

Der Schatten gab keine Antwort, aber Chencao erkannte, daß es seine ältere Schwester Suzi war, die da schweigend vor dem Fenster stand. Als Chencao sich ein Hemd überwerfen und aus dem Bett steigen wollte, hörte er sie sagen: «Chencao, wenn du wirklich ein Mann bist, ein Mann aus der Familie Liu, dann mußt du Chen Mao töten.»

«Was hast du gesagt?»

«Ich gehe Opium pflücken, und du tötest Chen Mao.»

Bis Chencao Licht gemacht hatte, war der Schatten seiner Schwester vor dem Fensterpapier verschwunden. Sie kam ihm seltsam verstört vor. Vielleicht war sie ja im Schlaf umhergegangen. Es wäre nicht das erste Mal gewesen. Das Geräusch ihrer Schritte verlor sich im Regen. Wieso wollte sie Opium pflücken? Chencao fiel wieder in unruhigen Schlaf. Eine Zeitlang blieb er zusammengerollt liegen, dann hörte er Lärm im Ostflügel.

Irgend jemand heulte und weinte. Benommen stolperte er in die Richtung, aus der der Lärm kam. Im Ostflügel sah er seinen Vater neben der Leiche seiner Schwester knien. Sie lag mit dem Gesicht nach oben auf dem Boden. Das enganliegende weiße Seidenkleid glitzerte kalt im Morgenlicht. Er sah die Druckmale des dicken Seils, die sich wie ein Kranz von roten Bißspuren rings um ihren Hals zogen. Das Seil, mit dem sie sich erhängt hatte, schaukelte vom Dachbalken.

«Sie hat sich aufgehängt. Warum hat sie sich aufgehängt?» murmelte Liu Laoxia leise.

Chencao sah, daß sein Vater die Hände vors Gesicht geschlagen hatte und weinte. Dann sagte er: «Meine geliebte Tochter. Kein Mann war gut genug für dich.»

«Sie hat gesagt, sie wolle Opium pflücken», sagte Chencao. Als er ziellos um die Leiche seiner Schwester herumging, roch er den fauligen Geruch von Schlafmohn, der aus ihrem halbgeöffneten Mund drang. Ihr Gesicht wirkte friedlich und entspannt. Chencao dachte: Wenn ich diesen Geruch ausspucken könnte, wäre ich auch entspannt und ruhig.

«Sie hat gesagt, sie wolle Opium pflücken, und dann solle ich Chen Mao töten.» Chencao sah, wie sein Vater den Kopf hob, den Mund öffnete und bitter lächelte. Chencao dachte: Diesmal kommt es wirklich zur Katastrophe.

Sein Vater stand auf, umarmte ihn kräftig, strich mit beiden Händen über seine Wangen und sagte: «Sie hat getan, was sie gesagt hat. Und du? Was wirst du jetzt tun?»

«Tun?» Chencao stand steif und reglos da, während sein Vater ihn in die Wange kniff. Er erinnerte sich, daß Chen Mao ihn genauso gekniffen hatte, als er noch ein Kind war. Damals hatte es weh getan, aber heute spürte er nichts. «Was wirst du tun?» Chencao spielte mit der Pistole in seinem Gürtel. Sie war immer noch da, aber sie war seit Ewigkeiten nicht mehr abgefeuert worden. Er dachte einen Moment nach und sagte dann: «Also gut. Ich werde Chen Mao töten.»

Chencao richtete sich auf, schlug das Seil, das vor seinem Gesicht hing, beiseite und verließ den Raum. Seine Mutter rannte hinter ihm her, schlang die Arme um ihn und rief: «Chencao, du darfst nicht fortgehen. Was immer geschieht, geh nicht fort.» Sein Vater hielt seine Mutter zurück und befahl ihm: «Geh schon! Komm wieder, wenn du Chen Mao getötet hast.» Seine Mutter sagte: «Wie kannst du dann noch zurückkommen? Du bist die letzte Hoffnung der Familie Liu.» Sein Vater sagte: «Das ist egal. Geh schon!» Wieder schrie seine Mutter: «Geh nicht, Chencao. Töte, wen du willst, aber nicht Chen Mao!» Sein Vater schleuderte seine Mutter mit einem Fußtritt zu Boden und beschimpfte sie: «Du kleine Hure, du! Du kannst den verdammten Hund immer noch nicht vergessen.» Chencao erinnerte sich später, wie sie zu dritt auf dem Boden lagen und miteinander kämpften. Es war eine lächerliche Szene. Er fragte: «Wollt ihr zwei jetzt, daß ich gehe, oder nicht?» Er sah seine Mutter an, die weinend auf dem Boden lag, und seinen Vater, dessen Gesicht vor Ärger ganz schwarz war. Dann stieß ihn sein Vater beiseite und sagte: «Geh schon, Chencao. Geh und tu es!»

Damals wußten die Einwohner von Fengyang noch nicht, was im Anwesen der Familie Liu geschehen war. Die Bauern auf den Feldern sahen, wie Liu Chencao mit zusammengezogenen Schultern das Haus verließ, als fürchte er die Kälte. Er ging zu einer Gruppe von Männern, die auf dem Feld arbeiteten, und fragte alle, die er kannte: «Wo ist Chen Mao?» Sie sahen den seltsam verwirrten Grundbesitzer neugierig an und fragten: «Was willst du von Chen Mao?» Chencao sagte ganz ruhig: «Ich soll ihn töten.» Die Bauern lachten nur. Sie dachten, Chencao habe endgültig den Verstand verloren. Niemand glaubte ihm. Zum erstenmal wagte jemand in Chencaos Anwesenheit eine bösartige Bemerkung: «Der Kleine wird doch nicht seinen Papa umbringen wollen.»

Chencao ließ sich nichts anmerken. Er ging an zahllosen Menschen vorbei, bis er endlich aus der Richtung der Binsenlaube einen langgezogenen Trompetenstoß hörte. Er ging geradewegs darauf zu.

Ihr müßt mir glauben, daß das Zusammentreffen in der Binsenlaube an diesem Tag vom Schicksal vorherbestimmt war. An diesem Morgen blies Chen Mao dort seine Trompete. Er blies sie so laut und durchdringend, daß ganz Fengyang den unruhig klagenden Klang hörte. Chen Mao sah Chencao, der mit zusammengezogenen Schultern auf ihn zukam, als fürchte er die Kälte. Er legte die Trompete beiseite und fragte: «Junger Herr, was machst du so früh hier draußen?» Plötzlich wurde ihm klar, daß irgend etwas mit Chencao nicht stimmte. Chencao runzelte die Stirn und suchte nach etwas an seiner Hüfte. Chen Mao sah eine Pistole, die an einem roten Stoffstreifen hing und genau auf ihn gerichtet war. Chen Mao dachte, es müsse ein Witz sein, aber er wußte, daß Chencao niemals Witze machte. Er kratzte sich im Gesicht und fragte: «Chencao, was tust du da?»

«Ich soll dich töten.»

«Wie bitte?»

«Sie haben gesagt, ich soll dich töten.»

«Hör nicht auf sie, Chencao. Hat man dir nie gesagt, daß in Wirklichkeit ich dein Vater bin?»

«Ich habe so etwas gehört, aber ich glaube es nicht.»

«Chencao, es ist wahr. Ich bin wirklich dein Vater. Wie kann ein Sohn seinen Vater töten?»

«Ich glaube es nicht.»

«Wenn sie mich töten wollen, dann soll Liu Laoxia es tun. Du kannst es nicht tun.»

«Doch, das kann ich. Ich habe schon einmal einen Menschen getötet.»

Im letzten Moment wollte Chen Mao zum Gewehr greifen. Dann fiel ihm ein, daß man es ihm weggenommen hatte. «Ich habe deine Mutter gefickt», fluchte Chen Mao und warf Chencao seine Blechtrompete an den Kopf. Chencao rührte sich nicht. Er stand kerzengerade aufgerichtet und ruhig da und spannte den Hahn. Ein Schuß löste sich. Chencao schoß zweimal. Einmal zielte er zwischen Chen Maos Beine, das zweite Mal genau zwischen die Augen. Er warf einen Blick auf die rauchende Pistole, ließ sie ein paarmal zwischen den Handflächen hin- und herwandern und warf sie dann zu Boden. Ein kleiner glitzernder Ball rollte auf dem Boden umher. Er hob ihn auf und entdeckte, daß es Chen Maos Augapfel war. Er war schleimig und klebrig und blieb an seinen Fingern kleben. Blut rann überall über den Boden der Binsenlaube. Chencao suchte Chen Maos Penis, aber er konnte ihn nicht finden. Er suchte in Chen Maos Hose und entdeckte, daß er immer noch da war: «Nicht einmal seinen Pimmel habe ich erwischt», murmelte er leise. Er fand das alles höchst merkwürdig. Die ganze Zeit war Chencaos Geruchssinn besonders geschärft. Er roch den immerwährenden Opiumgeruch über den Feldern. Manchmal hing der Duft wie eine schwere Wolke in der Luft, manchmal war er so schwach, daß er fast zu verschwinden schien. Chencao seufzte tief und hörbar auf. Endlich war sein Kopf so klar wie der tiefblaue Himmel über ihm. Chen Maos Leiche sah aus wie eine abgestorbene Mohnstaude, die zu Boden gefallen war. Er dachte: Endlich habe ich den Fäulnisgeruch ausgespuckt. Jetzt kann ich so entspannt und ruhig sein wie meine Schwester.

Lu Fang erzählte, nach diesen Ereignissen sei der Mörder Chencao verschwunden, und niemand habe gewußt, wohin er geflohen war. Sie liefen zum Anwesen der Familie Liu und fanden Liu Suzis Leiche im Hof. Sie lag auf einer langen Bambusmatte, und ihr Gesicht sah aus, als schliefe sie friedlich mitten in der Nacht. Eine leuchtendrote Mohnblüte steckte in ihrem langen schwarzen Haar. Die Zeit der Mohnblüte war längst vorüber, und niemand wußte, wie es der Grundbesitzerfamilie gelungen war, diese eine Blüte so lange frisch zu halten.

«Wo ist Chencao?» fragte Lu Fang.

«Er ist tot. Er muß tot sein», antwortete der alte Grundbesitzer.

«Warum sucht ihr nicht in den Hügeln von Huoniu? Chencao wollte sich mit Jiang Long zusammentun», sagte Cui Huahua.

Lu Fang machte sich mit einer Suchmannschaft auf den Weg in die Hügel von Huoniu, um nach dem Mörder Chencao zu fahnden. In einer Höhle in den Bergen fanden sie Chencaos schwarze Schuluniform und Chen Maos Blechtrompete. Die beiden Gegenstände, die da nebeneinander lagen, schienen einfach nicht zusammenzupassen. Aber sie fanden keine menschliche Spur, und niemand wußte, wohin Chencao geflohen war.

Lu Fang und seine Leute kamen erst nach Einbruch der Dunkelheit nach Fengyang zurück. Schon von weitem hörten sie den Aufruhr im Dorf. Männer und Frauen liefen aufgeregt durch die Dorfstraßen und zerrten ihre Kinder hinter sich her. Dann sahen sie das Feuer. Die Flammen schossen von der Binsenlaube zum Himmel empor wie eine gewaltige Fackel. Lu Fang gab seinem Pferd die Sporen. Als erstes sah er, daß man Chen Maos Leiche aus dem Polizeiposten gestohlen und wieder am Dachbalken der Binsenlaube aufgehängt hatte. Gefesselt und geknebelt hing Chen Maos Leiche dort in der Luft und brannte. Sie war schon ganz zusammengeschrumpft und schwarz wie Kohle. Die Binsenlaube brannte, und das Feuer knisterte so laut, daß man meinen sollte, sie müsse einstürzen, aber noch stand sie da. Als er näher kam, entdeckte er noch drei Leichen: Liu Laoxia, Cui Huahua und Liu Suzi. Sie brannten noch nicht. So waren diese vier Menschen auf merkwürdige Weise im Tode wieder vereint.

«Liu Laoxia ... Liu Laoxia ... Liu Laoxia ...»

Lu Fang hörte, wie die Menge nach dem alten Grundbesitzer rief. Ihr könnt euch nicht vorstellen, was Liu Laoxias perverser letzter Wunsch gewesen war. Lu Fang sagte: «Er konnte nicht einmal einen Toten in Ruhe lassen.» Er hatte vor seinem Tod Chen Maos Leiche als Totenopfer in der Binsenlaube aufhängen lassen. Lu Fang sagte, von diesem Moment an habe er Chen Mao seine zahlreichen Fehler vergeben und begonnen, den verknöcherten Großgrundbesitzer und mit ihm die ganze verrottete und dem Untergang geweihte Klasse der Großgrundbesitzer leidenschaftlich zu hassen.

Im Winter 1950 führte Brigadeleiter Lu Fang den Befehl zur Liquidierung des konterrevolutionären Großgrundbesitzersohns Liu Chencao aus. So wurde die Familie Liu aus Fengyang bis aufs letzte Glied ausgerottet.

Lu Fang betrat die Scheune der Familie Liu, wo Chencao festgehalten wurde, und sah, daß der Gefangene gefesselt in einem großen irdenen Vorratsbehälter saß. Lu Fang erinnerte sich, daß Chencao, als er zum ersten Mal nach Fengyang kam, auch in diesem Vorratsbehälter gesessen hatte. Lu Fang trat näher, klopfte an die Wand des Behälters und sagte: «Liu Chencao, komm da raus.» Chencao schien zu schlafen. Lu Fang beugte sich über den Rand des Behälters und sah, daß Chencao mit geschlossenen Augen an etwas kaute.

«Was ißt du da?» – «Opium», antwortete Chencao wie im Traum. Lu Fang fragte sich, wie der gefesselte Chencao an Opium gekommen war. Als er Chencao aus dem Behälter zog, entdeckte er, daß es ein Opiumbehälter war. Er war voll von dem weißen Pulver, das seit Jahren darin aufbewahrt wurde. Lu Fang hob Chencao hoch. Seit man ihn gefangen und nach Hause gebracht hatte, war sein Körper so leicht geworden wie der eines Säuglings. Chencao legte den Arm um Lu Fangs Schulter und sagte leise: «Bitte, leg mich wieder in den Behälter.» Lu Fang zögerte einen Augenblick, dann ließ er ihn wieder in den Behälter fallen. Als Lu Fang den Hahn seiner Waffe spannte, hörte er Chencaos letzte Worte: «Ich werde wiedergeboren.»

So hat Lu Fang den Grundbesitzer Liu Chencao in einem Opiumbehälter sitzend hingerichtet. Er hat mir erzählt, als er den Schuß abfeuerte, habe er das Gefühl gehabt, das Opium in dem Behälter explodiere. «Es war der überwältigendste organische Geruch, den es auf der Welt gibt. Er sprang dich an wie ein wildes Tier und blieb an deinem Kopf, deinen Händen, deinem ganzen Körper hängen. Du konntest ihm nicht entgehen.» Lu Fang sagt, er könne den Opiumgeruch noch heute an seinem Körper spüren. Sooft er sich auch wäscht, der Geruch läßt sich nicht abwaschen.

Letzte Anmerkung des Verfassers zum Familienstammbuch des Hauses Liu: Am 26. Dezember 1950 wurde die größte Grundbesitzerfamilie von Fengyang durch einen Schuß aus der Pistole des Brigadeleiters Lu Fang ausgelöscht.